dtv

»Für Edie und Monarose, die beiden Busenfreundinnen, ist nichts unmöglich: Zum kleinen Schwarzen eine staubige Pelzstola vom Müll zu tragen oder aus Forschungsgründen mit einem pickligen Langweiler zu schlafen schaffen sie ebenso wie einem Verflossenen per Voodoozauber die Pest an den Leib zu wünschen. Nur eines halten die beiden Großstadthexen zunächst für ausgeschlossen: zu heiraten. Hochzeiten besuchen sie höchstens wegen der perlenden Getränke – und weil es dort so herrlich lächerlich zugeht.« (Der Spiegel) – »So skurril die beiden sind, sie sind dabei sehr liebenswert. Daß hier nichts ganz so ist, wie es scheint, gibt diesem eigenwilligen und zauberhaften Roman Tiefe und Klarsicht.« (Wendy Sheanin im ›San Francisco Chronicle‹)

Binnie Kirshenbaum lebt in New York und unterrichtet kreatives Schreiben.

Binnie Kirshenbaum

Mermaid Avenue

Ich, meine Freundin und all diese Männer

Roman

Deutsch von Barbara Ostrop

Deutscher Taschenbuch Verlag

Von Binnie Kirshenbaum
sind im Deutschen Taschenbuch Verlag erschienen:
Ich liebe dich nicht und andere wahre Abenteuer (11888)
Kurzer Abriß meiner Karriere als Ehebrecherin (12705)
Keinen Penny für nichts (24128)

Ungekürzte Ausgabe
Juni 2000
Deutscher Taschenbuch Verlag GmbH & Co. KG, München
www.dtv.de

Titel der amerikanischen Originalausgabe:
›On Mermaid Avenue‹ (Fromm International, New York)

Die deutsche Erstausgabe erschien 1997 unter dem Titel
›Ich, meine Freundin und all diese Männer‹
Umschlagkonzept: Balk & Brumshagen
Umschlagfoto: © Elke Hesser, Paris
Gesamtherstellung: C. H. Beck'sche Buchdruckerei,
Nördlingen
Gedruckt auf säurefreiem, chlorfrei gebleichtem Papier
Printed in Germany · ISBN 3-423-12787-2

Für Susan, natürlich

Prolog

Die beste Hochzeit, bei der ich je gewesen bin, war die von Louise Crane. Ich erwartete von dieser Hochzeit nicht viel. Louise war eine ziemliche Trantüte, und daß sie sich für die Hochzeit gerade den heißesten Tag des Jahrhunderts ausgesucht hatte, war auch nicht besonders clever. Es war so verdammt heiß, daß ich fast nicht hingehen wollte, was wirklich schade gewesen wäre, denn die Hochzeit wurde dann phantastisch. Als ich Edie anrief und sagte: »Ich geh' nicht, es ist so verdammt heiß«, meinte Edie: »Aber gerade deswegen mußt du gehen. Wir werden bei dieser Hitze in Ohnmacht fallen und einen Riesenwirbel verursachen. Ich finde es klasse, wenn Mädchen vor Hitze in Ohnmacht fallen. Das zeigt unsere Empfindsamkeit. Findest du nicht? Du mußt einfach mitgehen, Monarose, nie würde ich ohne dich in Ohnmacht fallen.«

Also stellte ich mich nochmals unter die Dusche und schlüpfte in einen Fummel, der mir ständig von den Schultern rutschte. Nicht gerade das, was man zu einer Hochzeit anzieht, aber das Kleid war luftig, und mein damaliger Typ war der Meinung, ich sähe darin todschick aus.

Mein Typ holte mich in einem gemieteten gelben Datsun mit kaputter Klimaanlage ab. Bis wir durch die Stadt waren, um Edie und ihren Typ abzuholen, klebte ich am Kunststoffsitz. Ich hasse es, an Autositzen zu kleben, und so zappelte ich rum, machte Theater und gab Louise Crane und meinem Typ gleichermaßen die Schuld an allem.

Edie hatte noch weniger an als ich, ein durchsichtiges trägerloses Kleid und Goldsandaletten. Die Jungs lockerten ihre Krawatten, zogen den Knoten bis zur Brust auf und öffneten die oberen Kragenknöpfe. Zu viert fuhren wir nach Connecticut, und Edie streckte den Kopf aus dem Fenster wie ein Hund. Ich fummelte am Radio herum, das ungefähr so gut funktionierte wie die Klimaanlage, und sagte: »Laß uns doch mit diesem Auto an das erste kühle Plätzchen fahren, das wir finden, und dort verbringen wir dann den Tag mit ganz viel Gin Tonic. Das ist das einzig Vernünftige.«

Hochzeiten sind nicht vernünftig. Hochzeiten, besonders die ganz großen, sind absurd und oftmals gräßlich. Die Musik auf Hochzeiten ist nie Musik, zu der man tanzen möchte. Selbst beim Fahrstuhlfahren kann man fetzigere Stücke hören. Das Hochzeitsessen schmeckt in der Regel wie Pappe, und Frauen, die zuviel Parfüm tragen, schnappen sich die Tischdekoration, meist in Styropor steckende Sprühlack-Nelken, und nehmen sie mit nach Hause. Wenn das der schönste Tag im Leben einer Frau sein soll, dann bleibt ihr nicht mehr viel, worauf sie sich freuen kann.

Edie hat einmal ausgerechnet, daß die Durchschnittshochzeit mehr kostet als die Weltreise im Angebot von »British Air«. So, wie man über einen jungen Menschen spricht, der sich das Leben nimmt, sagte Edie: »Diese Verschwendung. Diese furchtbare, furchtbare

Verschwendung.« Auf unsere Art waren Edie und ich eher praktisch veranlagte Mädchen.

Louise Crane aber war keineswegs wie Edie und ich. Louise machte ein riesiges Tamtam um ihre Hochzeit und beauftragte sogar einen Hochzeitsorganisator. Louise behauptete, sie brauche professionelle Unterstützung. »Ihr habt keine Ahnung, an was man alles denken muß«, erklärte sie uns. »Den Einladungstext auswählen. Eine Gästeliste schreiben. Die Farben aufeinander abstimmen. Das Menü planen. Sich ein Motto ausdenken. Eine Band engagieren. Anzeigen in die ›Times‹ setzen. Getränke bestellen, die Blumen. Tausend Kleinigkeiten entscheiden über den Erfolg. Ganz abgesehen von der großen Überraschung.«

Edie fragte, was für eine Überraschung, doch Louise hüllte sich in Schweigen. »Wenn ich es euch erzähle, ist es keine Überraschung mehr, oder? Aber ihr könnt davon ausgehen, daß meine Hochzeit die denkwürdigste der Saison wird.« Dann dachte sie, sie könne Edie und mich beeindrucken, und erwähnte so ganz nebenbei den Preis des Menüs pro Person.

»So viel Geld, damit wir dabei sind«, flüsterte Edie mir zu. »Und dabei mögen wir sie nicht mal.«

Später fragte ich Edie, ob Louises Überraschung uns ihrer Meinung nach wohl gefallen würde. Edie bezweifelte es. »Hast du dir den Bubi, den sie heiratet, mal näher angeschaut? Er sieht aus wie ein Stück Blauschimmelkäse. So einer ist für mich der Beweis, daß Louise keine Ahnung hat, wie man sich amüsiert.«

Hochzeit, Gottesdienst und Empfang fanden in einem Zelt im Garten statt. Das Zelt im Farbton eines Wanderdrosseleis blau-weiß gestreift, das gleiche Blau wie im Kleid der Brautjungfern und in vielen der Hors d'œuvres. Der rückwärtige Teil des Zeltes war so gestaltet, daß er wie eine Kirche aussah. Vor einer Reihe von Klappstühlen war ein provisorischer Altar aufgebaut. Ein Durchgang trennte die blauen Stühle von den weißen. »Wie eine farblich abgestimmte Erweckungsversammlung«, bemerkte Edie.

Im vorderen Teil des Zeltes befanden sich Bar und Büfett, zu viele Gäste drängten sich darum. »Wo die Cranes doch dieses riesige Grundstück haben, warum machen sie die Hochzeit nicht al fresco?« fragte ich. »Hier drin ist es verdammt stickig.«

Die Zeltdecke, die man von unten sah, war falsch, eine zweite Leinwand, die ein paar Fuß unterhalb des wirklichen Zeltdachs angebracht war. Zum Ende der Zeremonie, als Braut und Bräutigam wie ein Goldfischpärchen im Glas die Lippen spitzten, wurde die falsche Decke aufgezogen. Blaues und weißes Konfetti sollte herunterregnen, blaue Ballons und weiße Tauben freikommen. Zwei Dutzend weiße Tauben sollten im Zelt herumflattern, während Ballons und Konfetti zu Boden schwebten. Das hätte ein schöner Anblick sein können – wären die Tauben nicht in der engen, heißen Kammer erstickt. Tote Tauben behalten ihr Lebendgewicht, und die hier plumpsten mit dumpfem Aufschlag auf die Hochzeitsgäste herab. Tote Tauben sehen toten Tauben einfach ziemlich ähnlich.

Das Zelt leerte sich blitzartig. Die Ballons schwebten. Louise flippte aus.

Obwohl wir nichts zu essen bekamen, weil einige der

Tauben in den Schüsseln gelandet waren, und in »Howard Johnson's« Schnellimbiß an der Interstate gehen mußten, hatte Louise Cranes Hochzeit den Besuch gelohnt.

»Das würde reichen«, meinte Edie und biß in ein getoastetes Käse-Sandwich, »um einem Louise fast sympathisch zu machen. Und ich fänd' sie sogar wirklich ganz nett, wenn ich glauben könnte, daß sie es so geplant hat. Das hat sie aber nicht. Das konnte man sehen.«

»Sie mußten ihr ein Beruhigungsmittel geben«, sagte ich.

»Ach Gott, die Ärmste.« Niemand konnte so mitleidig »die Ärmste« sagen und das Gegenteil meinen wie Edie. Ich bekam Schluckauf vor Lachen. Mein Typ versuchte, mir einen Schreck einzujagen, damit der Schluckauf wegging, aber mich erschreckt man nicht so leicht.

Vor ein paar Tagen erst habe ich Edie gefragt: »Erinnerst du dich an Louise Cranes Hochzeit? War das nicht die beste Hochzeit von allen? Das wird keiner je überbieten. Am besten, es versucht erst niemand.«

»Es muß schrecklich für sie gewesen sein«, meinte Edie.

Worauf ich antwortete: »Ich glaube, für die Tauben war es schlimmer.«

Morgen gehe ich auf eine andere Hochzeit. Eigentlich heute, denn Mitternacht ist schon längst vorbei. Edies Hochzeit.

1. Lit. der Romantik

Edie und ich hätten uns anderswo kennenlernen sollen, unter anderen Umständen. Vielleicht beim Durchqueren der Sahara aus entgegengesetzten Richtungen. Tatsächlich war unsere erste Begegnung einigermaßen glanzlos. Nach einer geisteswissenschaftlichen Vorlesung kam sie zu mir herüber, und als hätte sie von Anfang an feste Absichten gehabt, fragte sie, wie ich heiße.

Sie war mir schon vorher aufgefallen. Man konnte sie nicht übersehen. Dafür sorgte sie schon. Sie war ganz anders als alle, die ich kannte. Die Mädchen, die ich kannte, Kopien ihrer eigenen Mütter, kleideten sich in harmonisch abgestimmten Kombinationen von »Lord & Taylor«. Dieses Mädchen dagegen trug Schottenrock, Kniestrümpfe, Schuhe mit purpurroten Pfennigabsätzen und eine lederne Motorradjacke. Der dick aufgetragene Lidstrich paßte nicht zu ihrer Louis-Vuitton-Tasche. Das Haar, lang und an den Enden gelockt, war rabenschwarz gefärbt. Sie war all das, was ich sein wollte.

»Mona Rose«, stellte ich mich etwas zögerlich vor.

»Monarose«, zog sie es zu einem Wort zusammen. »Monarose«, wiederholte sie. »Was für ein reizender Name.«

Ich erklärte, es sei nicht ein Wort. »Ich habe keinen Bindestrich, und es ist auch nicht wie MaryAnn. Rose ist mein Nachname. Ich werde Mona genannt.«

»Vielleicht wurdest du *bisher* Mona genannt«, erwiderte sie. »Natürlich ist Mona ein schöner Name, es ist ein sehr schöner Name, aber Monarose ist eine Blume unter den Namen. Würdest du nicht lieber einen Namen wie Monarose haben?«

Ja, natürlich hätte ich lieber einen Namen wie Monarose gehabt, wäre der Gedanke mir gekommen.

»Ich heiße Edie Hawkes«, sagte sie. »Aber ich denke, das weißt du schon. Das ganze Semester lang hat die Frage mich verrückt gemacht: Wer ist dieses schöne Mädchen, und warum sagt sie nie etwas? Du bist sehr geheimnisvoll. Ich weiß, daß du nicht schüchtern bist. Du hast etwas im Sinn. Oh«, sie streckte die Hand aus, »sag's mir nicht. Ich möchte es lieber selbst herausfinden. Oder tisch mir eine Lüge auf. Eine gute Lüge sagt mehr, als die Wahrheit jemals könnte, meinst du nicht auch? Also, Monarose, wo ißt du normalerweise zu Mittag?«

Das »Chock Full O'Nuts«, wo ich allein dasaß und ein in Wachspapier eingewickeltes Thunfisch-Sandwich aß, paßte nicht ganz zu dem Bild der geheimnisvollen Frau, das sie von mir heraufbeschworen hatte, und deshalb sagte ich: »Irgendwo hier.«

»Ich esse in der Johnson-Hall-Cafeteria«, erklärte sie mir. »Es wird dir dort gefallen. Cafeterien sind wahnsinnig elegant.«

Wir stellten uns in der Cafeteria an. Edie setzte zwei Schälchen rote Götterspeise auf ihr Tablett und drehte sich zu mir um. »Du bist keine Jungfrau mehr, oder?«

Nein, so gerade mal eben, wäre die ehrliche Antwort gewesen, aber die würde ich nicht geben. »Natürlich nicht«, antwortete ich.

»Gut. Jungfrauen kann ich nicht ausstehen. Mädchen sollten promiskuitiv sein. Ich habe schon den Überblick verloren, mit wie vielen Jungs ich im Bett war. Man kennt mich«, sagte sie stolz.

»Wirklich?« Ich wußte nicht so recht, wie ich darauf reagieren sollte. Man hatte mir eingetrichtert, diese Art von Bekanntheit zu vermeiden wie Mundgeruch. Und doch konnte ich mir nicht vorstellen, daß eine Schar schnatternder Mädchen auf der Toilette stand und über Edie klatschte. Oder, falls sie es taten, daß Edie sich darum scherte.

»Na ja, nicht ganz«, gab sie zu. »Noch habe ich den Überblick nicht verloren. Bisher hatte ich sieben, aber es wird nicht mehr lange dauern, und ich bin bei einer zweistelligen Zahl. Promiskuität ist doch einfach göttlich, findest du nicht?«

Promiskuität. Ich ließ es mir durch den Kopf gehen. Das konnte ich schaffen. Das eine Mal Sex, das ich bisher gehabt hatte, war nicht übel gewesen. Das könnte ich öfter machen.

Während Edie ihre Götterspeise aß, widerfuhr mir etwas, wie wenn man sich verliebt. Ich wollte sie als Freundin, als meine beste Freundin, unbedingt. Sie konnte mich retten, mich vor einem Leben bewahren, das sich von dem bisherigen um nichts unterschied.

Für den Rest des Tages hingen wir zusammen rum.

Bis zum Abendessen war ich mir sicher, daß es zwischen Edie und mir, nun, da wir uns kennengelernt hatten, tatsächlich so bleiben würde. Alles in mir prickelte vor Erwartung.

Edie wählte ihre Kurse genauso aus, wie sie bei Pferdewetten setzte. »Der Name gefällt mir. Lit. der Romantik.« Sie seufzte, als sei das alles einfach zu traumhaft. »Romantik, Monarose. Wie könnten wir mit einem Kurs über Romantik Fehler machen?«

»Romantische Lit. hat nichts mit Romantik zu tun, wie wir sie kennen.« Ich warf Edie, die mit übergeschlagenen Beinen auf ihrem Bett saß, das Vorlesungsverzeichnis zu, doch es schoß über sie hinweg und traf Liz Rogan, die gerade zur Tür hereinkam, mitten ins Gesicht.

Liz Rogan war ein großes Mädchen, nicht dick, aber groß in dem Sinne wie kämpfende russische Frauen an der Front, nur daß Liz weder Stolz noch Temperament hatte. Über was sie dagegen verfügte, war scheußliches Haar, das von Natur aus braun und kraus gewesen wäre. Jetzt allerdings hatte es einen kupferfarbenen Farbton und umschloß ihr Gesicht wie ein Helm.

»Wir wollten gerade aufbrechen, Liz«, sagte Edie. »Monarose und ich gehen einen Kaffee trinken.«

»Um unsere Wahlmöglichkeiten zu diskutieren«, zirpte ich dazwischen, »weil wir keine überstürzten Entscheidungen treffen wollen.«

»Was hast du gegen überstürzte Entscheidungen?« fragte Edie.

Natürlich spielte auch die »bodenlose Tasse Kaffee« für fünf Cents eine Rolle, doch Edie und ich besuchten den »Ungarischen Gebäcksalon« vor allem aufgrund seines Namens. Auch wenn die Ausstattung geschmacklos gelb war, während wir der Meinung waren, Cafés in Ungarn seien mit scharlachroten fadenscheinigen Brokatstoffen ausgekleidet wie Beerdigungshallen und Bordelle, so gestattete uns der Name »Ungarischer Gebäcksalon« doch, so zu tun, als seien wir an einem anderen Ort.

Wir zogen unsere Jacken aus, bestellten, zündeten uns Zigaretten an und machten es uns gemütlich. »Schau«, ich deutete mit dem Kopf nach links, »da ist dieser Typ, in den ich verliebt bin.« Er saß allein an einem Tisch. Schon ganze zwei Wochen war ich in ihn verliebt, obwohl ich ihn nur drei- oder viermal gesehen hatte.

Edie schlug sich an den Kopf. »Wie konnte ich das nur vergessen. Ich habe etwas über ihn herausgefunden! Er studiert Internationale Politik.« Edie hatte diese Information am Wochenende auf einer Party bekommen.

»Er war da? Auf der Party?« Der Gedanke, daß ich eine solche Gelegenheit versäumt hatte, machte mich ganz elend.

»Nur kurz. Er ist früh gegangen.« Edie hatte nicht direkt mit ihm gesprochen, aber einen seiner Freunde ausgefragt.

Als ich Edie erst wenige Tage kannte, stellte sie mich einmal mit viel Getue einem gewissen Henry Cosgrove vor. Edie zufolge war er in mich verliebt wie ein kleiner Welpe. »Es bringt ihn fast um, daß ich dich kenne und er nicht«, sagte sie so, daß ich merken mußte, sie machte sich über ihn lustig. Edie willigte ein, mich ihm vorzustellen, wenn er uns beiden das Mittagessen bezahlte. Außerdem lud er uns zu seiner Party ein.

»Vielleicht komme ich«, gähnte Edie. »Aber Monarose auf deiner Party? Monarose hat Besseres zu tun, als zu deiner mickrigen Party zu gehen.«

Eigentlich hatte ich nichts Besseres zu tun, aber ich spielte mit, weil Edie mich mit einer Legende umwob. Sie ließ mich als unglaublich beliebt und erfahren erscheinen, zu gut für kleine Studenten. Dieses Image gefiel mir, und so nahm ich den Faden auf und sagte: »Vielen Dank für die Einladung. Wirklich süß von dir. Vielleicht ein andermal.«

Der Typ, der Internationale Politik studierte, war ganz auf sein Buch konzentriert. »Und?« fragte ich Edie, »was hast du noch über ihn herausgefunden?«

Edie zuckte die Schultern. »Was soll sonst noch sein? Er wird Diplomat. Du wirst die Frau eines Diplomaten. Zeig mal ein bißchen Begeisterung, Monarose. Verstehst du nicht, was das bedeutet? Du wirst im Ausland leben, mit hohen Tieren aus der Politik und Mitgliedern von Königshäusern auf Parties gehen. Du wirst mich einladen, bei euch zu wohnen, nicht wahr? In der Botschaft wird es doch ein freies Zimmer für mich geben?«

Bevor ich mir Kleider für die Krönungsfeierlichkeiten kaufte, sollte ich den Jungen zumindest einmal treffen, dachte ich. Ich war noch immer in einigen Konventionen befangen. Edie war jedoch der Meinung, daß man zuallererst herausfinden müsse, wie es nach ihrer Ankunft in der Botschaft weitergehen würde. »Wir werden viel reisen. Im Chanel-Kostüm vom Bahnhof abfahren, eine Pelzstola über die Schulter gehängt. Wir tragen Hutschachteln. Stell dir nur mal vor, wie wir mit Überseekoffern durch Europa gondeln! Das Reisen mit Überseekoffern ist eine verlorengegangene Kunst, die es wirklich wert ist, wiederbelebt zu werden.«

»Sind Überseekoffer nicht ziemlich schwer zu tragen?« fragte ich.

»Monarose, die Botschaft stellt dir dafür Leute zur Verfügung.«

»Ach so, das wußte ich nicht.«

»Wohin wird er wohl versetzt? Ich wette, sie schicken ihn nach Ägypten.«

Ägypten war nicht einfach so dahingesagt, nicht etwa zufällig vom Globus aufgepickt. Ein Typ namens George, den Edie im Waschkeller kennengelernt hatte, erzählte ihr, sie sehe aus, als sei sie direkt aus einem ägyptischen Fresko herausgetreten. Edie war von diesem Kompliment so sehr eingenommen, daß sie nie herausbekam, warum George ohne ersichtlichen Anlaß im Waschkeller auf dem Boden saß und in einen leeren Wäschetrockner starrte. Seit damals sprach sie ständig davon, sie wolle vor ihrem Tod noch die Pyramiden sehen.

»Kann ich seinen Namen herausbekommen? Ich muß seinen Namen wissen, Edie. Stell dir vor, er heißt Donald oder Ronald.« Bisher hatten wir die vereinte Erfahrung gemacht, daß Jungs mit diesen Namen im Bett Versager waren. So war das also: Noch war ich kaum ein Jahr mit Edie befreundet, und schon war ich reif und erfahren. Aus erster Hand kannte ich einige Dons und Rons, die ausnahmslos und unerklärlicherweise gleich bei der ersten Berührung kamen.

»Dann nennst du ihn eben anders.«

»Aber was, wenn ich in der Botschaft anrufe und meinen Mann sprechen will. Ich werde der Empfangsdame seinen Namen sagen müssen. Und stell dir vor, ich möchte unseren Erstgeborenen nach ihm nennen, und dann entdecke ich, daß er Martin heißt: Martin finde ich als Kindernamen entsetzlich.«

»Martin«, sagte Edie, »ist ein guter Name für eine Katze. Außerdem, Monarose, willst du doch gar keine Kinder. Nichts ruiniert die Figur einer Frau mehr als ein Baby.«

Noch nie hatte ich eine Frau so etwas über Babys sagen hören: daß wir vielleicht gar keine wollten. Ich spürte, wie eine Last, die mir gar nicht bewußt gewesen war, von meinen Schultern glitt. Ich lächelte und fragte: »Aber was, wenn er meine Liebe nicht erwidert?«

Daß meine Liebe zu diesem Jungen unbeantwortet bleiben könnte, war eine rein rhetorische Sorge. »Alle Jungs wollen dich«, sagte Edie. Echte Sorge bereitete uns dagegen die Frage, was das ägyptische Klima unserem Haar antun würde. »Es könnte ganz schön austrocknen. Wir werden warme Ölpackungen machen müssen.«

Ich stützte das Kinn in die Hand und ließ mich mitreißen, wurde von Edies Gerede über Kamele und Wochenenden in Alexandria weiter getragen, als ich je zu träumen gewagt hätte. Wie großzügig von ihr, mich auf dieses Abenteuer mitzunehmen.

»Die Sonntagnachmittage verbringen wir in einem

Boot auf dem Nil«, versprach Edie. »Du weißt ja, der Nil ist tiefblau und von Palmen gesäumt.«

Zwar hatte ich gehört, der Nil sei eine Jauchegrube, doch genau das war das Phantastische an der Freundschaft mit Edie. Wenn wir die Wasser des Nil trinken wollten, würden wir die Möglichkeit einer Vergiftung gar nicht erst in Betracht ziehen. Und damit hatte es sich.

»Und wußtest du, Monarose, daß der Mond über Kairo immer voll ist?« fragte Edie.

Genau das meine ich. Bevor ich Edie kennenlernte, hätte ich angenommen, der Mond durchlaufe über Kairo dieselben Phasen wie anderswo auch. Ich brauchte sie, um mir solche Dinge zu sagen, weil meine Phantasie dafür nicht reichte. Ich neigte dazu, die Dinge mehr so zu sehen, wie sie waren, doch mit Edie an meiner Seite konnte ich sagen: »Ja, davon habe ich schon gehört.«

»Wird das Leben nicht herrlich sein?« wollte Edie wissen.

»Aber ja«, antwortete ich, während der Junge, den ich liebte, seine Bücher zusammenpackte und den »Ungarischen Gebäcksalon« verließ, ohne auch nur einen Blick in meine Richtung zu werfen.

Tuberkulose war die Krankheit der romantischen Dichter, und Edie war ganz wild darauf, sie sich zuzuziehen. »Denk mal darüber nach, Monarose. Zunächst werde ich schön werden. Meine Wangen werden rosig, und das Licht in meinen Augen beginnt zu tanzen wie die Motte um das Feuer. Mein Haar wird glänzen. Ich könnte in einem Werbefilm für ›Prell Haarshampoo‹ auftreten.«

»Aber dann würdest du sterben«, erinnerte ich sie.

»Na und?« fragte Edie.

Als jedoch die Tuberkulose abgehandelt war, ging es mit »Lit. der Romantik« schnell bergab. »Wer hat eigentlich diesen Kurs ausgesucht?« fragte Edie.

»Du.«

»Ich? Ich bin desillusioniert.«

»Na ja«, sagte ich, »es ist gerade die richtige Zeit dafür.« Eine Verabredung mit dem zukünftigen Diplomaten zu bekommen war eine Kleinigkeit gewesen. Edie hatte recht: Ich mußte ihn nur fragen. Doch das Treffen fiel im Vergleich zu meinen Erwartungen gewaltig ab, ungefähr so wie Orangen vom Baum nach einem Frost – kalte, verschrumpelte Klumpen der Enttäuschung.

»Nicht jeder, der Internationale Politik studiert, will Diplomat werden«, sagte er.

»Aber du schon«, beharrte ich.

»Nein.« Er hatte irgendeine mickrige Karriere im Sinn, irgend etwas mit Import und Export.

»Können wir uns wiedersehen?« Er schüttelte mir die Hand beim Abschied.

Edie und ich hatten eine Regel aufgestellt: Wenn sich bis zum Ende des ersten Treffens keine Lust auf Sex mit dem Typen einstellte, würde es kein zweites Treffen geben. Wozu auch? Also sagte ich: »Ruf mich an, wenn du in Kairo bist. Nicht früher.«

Gleich am nächsten Tag fand Edie mir eine neue Liebe. »Den«, sagte sie.

»Professor Vicars?« Eigentlich wollte ich nicht in den Professor für Altertumswissenschaft verliebt sein. Es wirkte so gewöhnlich. »Ich weiß nicht recht. Studentin und Professor. Das hat es schon tausendmal gegeben.«

»Garantiert nicht mit ihm. Andere Studentinnen sind nicht so hellsichtig wie du, Monarose. Die stehen auf die schickeren Professoren.«

Wir wechselten die Plätze und setzten uns in die erste Reihe, Mitte. Hätte Harrison Vicars seine Vorlesungen nicht mit der Nase im Buch gehalten, hätte er in der ansonsten leeren ersten Reihe zwei Mädchen mit übereinandergeschlagenen Beinen gesehen, die über seine Socken kicherten.

»Es sind kleine Lamas drauf«, flüsterte Edie. Ich schob Edie eine Notiz zu: *Das sind keine Lamas, das ist nur das Strumpfmuster.*

»Lamas, Strumpfmuster. Wo ist da der Unterschied? Ist das nicht das dämlichste Strumpfmuster, das du je gesehen hast?«

Ich drehte mein Heft schräg, damit Edie sehen konnte, was ich geschrieben hatte: *Und wenn er tausendmal scheußlich gekleidet ist: Ich bete ihn an.*

Nach Ende der Vorlesung hingen wir noch ein Weilchen rum, um ihn etwas genauer zu begaffen. »Du mußt ihn heiraten, Monarose«, sagte Edie. »Und ihn dann richtig anziehen. Du könntest ihn ganz süß zurechtmachen. Du hast doch ein Händchen dafür.«

Wir traten nach draußen in die Kälte. »Woher wissen wir denn, daß er nicht schon verheiratet ist?« Ich knöpfte mir den Mantel zu.

»Der ist nicht verheiratet«, antwortete Edie. »Keine Frau würde ihren Mann in solchen Kleidern herumlaufen lassen.«

Sein Sportsakko hatte ein grauenhaftes Fischgrätmuster; möglicherweise war es sogar aus Polyester. Trotzdem mochte er verheiratet sein – mit einer Frau, die einfach nicht zur liebevollen Sorte gehörte.

»Dann verdient eine solche Frau, ihn zu verlieren«, schrieb Edie ihr die gerechte Strafe zu, während Dr. Vicars unseren Weg kreuzte. »*Du* würdest ihn nie mit Lamasocken aus dem Haus lassen.«

Ich rammte ihr den Ellbogen in die Seite, weil ich mir sicher war, daß er sie gehört hatte.

Er ging Richtung Bibliothek. Edie mußte meinem Vorschlag zustimmen, ihm zu folgen, weil auch ich sie in den letzten sechs Nächten begleitet hatte, um George aufzuspüren.

George wurde allmählich die reine Pest, lauerte im Waschkeller auf Edie, tauchte wie aus dem Nichts an ihrer Seite auf und schmachtete sie an. Seine Hingabe war süß. Außerdem war er gescheit. »Gib's zu, Edie«, sagte ich. »Dich mit einem ägyptischen Fresko zu vergleichen ist ziemlich originell.«

»Nein, überhaupt nicht«, sagte sie. »Ich sehe nun mal aus wie eine ägyptische Königin. Das springt sofort ins Auge.«

Bei ihrer ersten Verabredung gingen George und Edie ins Kino. Er kaufte ihr Butter-Popcorn. Dann brachte er sie zu Fuß nach Hause und küßte sie auf die Wange. Ein Abend ohne besondere Vorkommnisse. Edie sagte, sie würde wieder mit ihm ausgehen, wenn sie nichts Besseres zu tun hätte. »Er ist ziemlich klug«, erzählte sie mir. »Er spricht etwa zwölf Sprachen.«

Als George das nächste Mal mit Edie ausging, holte er

sie in einem verbeulten Camaro ab und fuhr mit ihr über die Manhattan Bridge hin und her, wobei sie fünf Stunden lang immer wieder aus- und einstiegen. Nach diesem Abend war Edie verrückt nach ihm.

Irgend etwas an George war komisch. Er hatte eine unheimliche Ähnlichkeit mit dem Schauspieler Peter Finch, und sein Haar war vorzeitig ergraut. Oder vielleicht war auch sein Haar in Ordnung und nur sein Gesicht unnatürlich jung. Ich zog Edie damit auf, George habe so viele Sprachen gelernt, weil er womöglich eines Tages mit allen Erdlingen würde sprechen müssen. Außerdem weigerte sich George, uns zu sagen, wo er wohnte. Er weigerte sich nicht, uns eine Adresse zu geben – er gab uns eine ganze Menge, nur stellte sich heraus, daß es sich einmal um die Kathedrale St. John the Divine handelte, ein andermal um das Chrysler Building oder eine Parkbank neben dem Kinderzoo des Central Park.

»Ich dachte, er wäre ein ganz normaler Typ. Popcorn und Kino. Der normalste Abend, den ich je erlebt habe«, jammerte Edie. »Er hat mich reingelegt. Er hat gewartet, bis ich in ihn verliebt war, bevor er mir klargemacht hat, daß er nicht ganz richtig im Kopf ist.«

Ich erinnerte sie nicht daran, daß es der Abend auf der Brücke gewesen war, der sie für ihn eingenommen hatte. Kein normaler Abend. Kein Kino. Kein Popcorn.

Wir hatten wohl zu lange getrödelt, denn als wir zur Bibliothek kamen, war Dr. Vicars nirgendwo zu sehen. Also gingen Edie und ich wieder und bogen in den Broadway ein. »Ich weiß nicht so recht.« Allmählich verlor sich meine Begeisterung. »Ich wäre eine miserable Professorengattin. Ich kann nicht tippen. Und ich kann mir auch nicht vorstellen, anderen Professorengattinnen Tee zu servieren.«

»Er sucht keine tüchtige Frau im Tweedkostüm, Monarose. Er will eine Aphrodite. Hast du nicht gemerkt, wie sich sein Gesicht aufhellt, jedesmal wenn er die erwähnt?« Edie schlug vor, ich solle mich in ein Bettlaken hüllen, Zweige in mein Haar flechten – einen jener Kränze, wie sie griechische Göttinnen zu tragen pflegten – und so in sein Büro marschieren. Das konnte nicht ernst gemeint sein, und deshalb sagte ich: »Ich bin mir nicht sicher, ob ein Bettlaken das richtige ist. Weiß steht mir nicht.«

Edie trat zurück und betrachtete mich. »Vielleicht hast du recht. Wir müssen uns was anderes ausdenken.«

Über uns flog ein Flugzeug. Wir sahen zu, wie es hochstieg, immer höher in den Himmel hinein, bis es sich im Abendrot des Winternachmittags verlor. »Ist George ein Mensch?« fragte Edie. »Oder habe ich mich in einen Außerirdischen verliebt, der sich sein Äußeres nach dem Vorbild eines Schauspielers geschaffen hat? Man sollte meinen, er hätte darauf achten können, daß er wenigstens wie ein junger Gregory Peck oder Warren Beatty aussieht. Wer würde denn freiwillig wie Peter Finch aussehen wollen?«

»Du weißt doch, wie die Außerirdischen sich in den Einzelheiten verhauen. Er wußte vielleicht, wie Menschen aussehen, hatte aber kein Gefühl für das Vollkommene.«

»Nehmen wir einmal an, George und ich würden heiraten«, wollte Edie wissen, »und wir hätten Kinder ... «

»Kinder?« unterbrach ich sie mit ihren eigenen Worten, »Kinder verderben die Figur.«

»Rein hypothetisch«, schränkte sie ein. »Wie würden unsere Kinder aussehen?«

»Wie Amphibien«, sagte ich und blieb beim Obststand an der Ecke stehen. Ich brach eine Banane aus einem Bund, bezahlte sie beim wachsamen Verkäufer und schälte sie mit schwungvoller Geste. »Paß mal auf«, erklärte ich. Weit öffnete ich den Mund. Als wäre ich ein Schwertschlucker beim Zirkus, glitt mir die Banane die Kehle hinunter. Unversehrt zog ich sie wieder heraus.

»Wer hat dir das gezeigt?« fragte Edie.

»Übung«, grinste ich.

»Da wird man ja richtig neidisch«, sagte Edie. »Sieht aus, als könntest du jemandem besser einen blasen als ich.« Edie hatte durchaus eine kämpferische Ader. Sie schoß zum Obststand und kam mit einer kleinen Banane zurück. »Es ist meine erste«, räumte sie bescheiden ein. Edie ließ die Schale auf den Boden fallen. Die öffnete sich zur Blütenform, wie Bananenschalen es in Slapstick-Nummern tun.

Edies Banane brach in der Mitte durch. Sie machte sie kaputt und hinterließ außerdem Bißspuren. »Bedeutet das, daß ich keine geile Mieze bin?« schmollte sie.

»Oh, Edie. Ich habe drei Wochen und vier Jungs gebraucht, um das fertigzubringen. Du bist einfach zu ungeduldig.«

»Du hast recht. Komm, wir gehen.«

Wir überquerten die 111th Street und kamen am »Golden Chicken« vorbei. Keiner, absolut keiner außer sehr naiven Erstsemestern aß im »Golden Chicken«. Man servierte dort Hähnchen, die an Krebs gestorben waren, und manchmal waren es gar keine Hähnchen. Eigentlich hatte ich gar keinen Grund, durchs Fenster hineinzuschauen. Einfach nur ein gedankenverlorener Blick.

Aber dann mußte ich einen weiteren Blick hineinwerfen: Harrison Vicars saß im »Golden Chicken«! Mein Harry an einem Tisch auf der Fensterseite, kein Geringerer! Ich packte Edie am Handgelenk und zerrte sie in den nächsten Türeingang.

»Hey, was machst du? Was ist denn los?«

»Er ist da drin, Edie. Er ißt. Er ißt da drinnen.« Ich zeigte in Richtung »Golden Chicken«.

Edie ging zum Fenster. Sie preßte das Gesicht gegen die Scheibe und sagte: »Ja, leck mich ... «

Ich stellte mich neben sie. Seite an Seite starrten wir Dr. Vicars an, wie er zwei Beinchen und eine Brust aß. »Was für gute Tischmanieren er hat«, bemerkte Edie.

»Niemand ißt im ›Golden Chicken‹«, sagte ich. »Wie konnte er nur.«

»Daran ist nur seine Frau schuld. Stell dir vor, sie treibt den armen Mann dazu, seine Mahlzeiten im ›Golden Chicken‹ einzunehmen, mit einer Papierserviette auf dem Schoß. Schrecklich.«

»Laß uns reingehen«, schlug ich vor. »Als wären wir vom Himmel gefallen.«

Edie war dagegen. »Nicht du. Das paßt nicht. Er weiß, daß er Aphrodite nicht im ›Golden Chicken‹ findet. Die anderen, vielleicht. Aber doch nicht sie.«

Wir blieben also draußen stehen und schauten hinein. Als er aufstand, um zu zahlen, packte ich Edie am Ärmel und rannte über den Broadway zurück. Dabei sah ich unsere Haare hinter uns herflattern, als wäre ich gerade aus der Szene herausgetreten und betrachtete uns wie ein Bild.

Erst ein paar Blocks weiter hielten wir an, um nach Luft zu schnappen. »Undenkbar, daß Tage wie diese jemals enden werden, nicht wahr?« fragte Edie. »Wir werden immer durch Fenster spähen und unsere Angebeteten Brathähnchen essen sehen, meinst du nicht auch? Glaubst du, daß es immer so sein wird, Monarose?«

Edie zwängte sich mir gegenüber in die Nische. Ihr Gesicht war verquollen, die Augen zwei fiese schmale Schlitze.

»Würdest du mir vielleicht sagen, was los ist?« fragte ich.

Edie streckte die Hand aus und nahm sich eine von meinen Zigaretten. »Liz Rogan hat eine Krise«, sagte Edie. »Und sie erwartet von mir, daß ich irgend etwas dagegen unternehme.« Liz hockte auf Edies Fußboden und suchte Trost. »Sie wimmert, fleht mich an, sie zu umarmen. Und sie zu streicheln. Stell dir vor: sie zu streicheln! Bei diesen Haaren. Die sehen doch aus wie mit einem Bügeleisen bearbeitet.« Edie blies einen perfekten Rauchring und schaute zu, wie er davonschwebte, ein himmlischer Schwimmreifen, auf dem sie gerne entschwunden wäre. »Schließlich ist es mein Zimmer«, sagte Edie. »Die ganze Nacht hat sie seufzend und schluchzend dagesessen, mitten in meinem Blickfeld, wie auch immer ich mich drehte. Du weißt, daß mein Zimmer nicht größer ist als so«, sagte Edie und deutete mit Daumen und Zeigefinger ungefähr zwei Fingerbreit an. »Ich ertrage das nicht eine Sekunde länger, dieses ganze Gejammer, wie sehr sie mich braucht, daß ich doch ihre beste Freundin sei, während ich versuche, mir Platten anzuhören. Wie komme ich überhaupt dazu, ihre beste Freundin zu sein? Dieser Verantwortung bin ich nicht gewachsen.«

Irgendwie beunruhigte mich diese Bemerkung. Was, wenn auch meine Freundschaft mit Edie nur eine Freundschaft auf Zeit war? Was, wenn sie wie Mary Poppins oder Pippi Langstrumpf in mein Leben einfiel, es zum Funkeln brachte, und dann verschwand und mich genau da zurückließ, wo ich begonnen hatte? Wie kläglich würde es sein, auf die gewöhnlichen Pfade zurückzukehren, nachdem ich die Alternativen kannte.

Edie drückte die Zigarette aus und sagte: »Wenigstens könnte sie versuchen, meine Zuneigung zu erkaufen, mir Geld oder Zigaretten zu geben, aber offenbar erwartet sie von mir, daß ich einfach so ihre beste Freundin bin.«

Wir warfen uns verstohlene Blicke zu, waren uns der ungeheuren Möglichkeiten dieser Unterhaltung bewußt. Wir riskierten eine Treueerklärung, die peinlich werden oder deren Verweigerung, die sich als wahr erweisen konnte. Klugerweise durchbrach Edie diese Stimmung und sagte: »Wenn ich je solch einen Zusammenbruch erleiden sollte, habe ich hoffentlich genug Anstand, so komplett verrückt zu werden, daß man mich in einer dieser Jacken ohne Ärmelöffnungen wegschleppt.«

»Noch dazu kann man in diesen ärmellosen Jacken niemanden umarmen.«

»Oh, Monarose, du verstehst mich.« Was sie mir außerdem zu verstehen gab, war, daß Edie Liz Rogans Eltern angerufen hatte. Ohne ihren Namen zu nennen, hatte Edie den Rogans erzählt, ihre Tochter stehe kurz vor einem Zusammenbruch, und sie sollten sie am besten abholen. »Jetzt schau mich nicht so an, Monarose. Ich hatte keine Wahl. Ich konnte das Mädchen nicht so leiden lassen.«

Edie warf einen Blick auf die fettfleckige Wanduhr. Es war kurz nach vier. »Wenn sie von Buffalo losgeflogen sind, müßten sie Liz gerade in diesem Moment von meinem Fußboden auflesen.«

Ich zündete zwei Zigaretten an und gab ihr die eine.

»Erinnerst du dich an meinen ersten Anruf?« sinnierte Edie. »Ich sagte, ›Hier ist Edie‹, und du sagtest, ›Welche Edie?‹«

»Ich hatte geschlafen. Das habe ich dir schon hundert Mal erklärt«, wiederholte ich noch einmal. »Es war drei Uhr morgens. Du hast mich geweckt. Ich war völlig fertig.«

»Ich hätte fast aufgehängt«, sagte Edie. »Aber ich wußte, wenn ich das täte, würde ich dich nie wieder anrufen. Niemals.«

Ich bestellte noch einen Kaffee. Zusammen mit der Tasse brachte der Kellner George mit. Es war unheimlich, wie George es immer fertigbrachte, uns zu finden, doch so sehr wir auch suchten, *er* war nie zu finden.

»Was für eine nette Überraschung.« Edie legte die Hand auf den Stuhl neben sich. »Setz dich hierhin, George. Schau mal, wer gekommen ist, Monarose. Mein George. Mein lieber George.«

George setzte sich neben sie, und sie fingen an, sich anzuschmachten, also sagte ich: »Ich denke, ich muß jetzt los.«

»Oh, bleib doch noch, Monarose«, sagte Edie, aber nur der Form halber.

Ich bestand darauf, lernen zu müssen, und dabei beließen wir es.

George hatte großzügig angeboten, Edie Nachhilfe in Chemie zu geben. »Wie wäre es mit heute abend?« fragte George. »So um zehn?« Edie sagte, ja, ja, gerne, obwohl sie keine Nachhilfe brauchte und, soweit wir wußten, Chemie nicht zu den Fächern gehörte, mit denen George vertraut war.

»Es ist ein Code«, sagte Edie. »Chemie, verstehst du?« Edie warf sich in Schale und zog ein Kleid an, das einfach vom Körper gleiten würde, ohne Gezerre und Gefummel an den Knöpfen. Sie machte sich nicht die Mühe, Unterwäsche anzuziehen, bezog aber ihr Bett frisch. Spaßeshalber öffnete sie ihr Chemiebuch beim Kapitel über Verbrennung und drapierte es auf dem Kopfkissen.

George stand mit dem zehnten Schlag der Turmuhr auf der Matte. Er hatte Edie etwas zum Naschen mitgebracht. Eine Tüte saure Drops.

»Und so«, beendete Edie die Geschichte auf dem Weg zum St.-Luke's-Krankenhaus, »unterhielten wir uns eine Weile, nippten am Cognac, und dann knutschten wir ein bißchen. Wir knutschten noch ein bißchen mehr. Ich schlüpfte aus meinem Kleid, und er kotzte.«

»Was?«

»Ja, du hast richtig gehört.« Edie rückte das Bündel Zweige zurecht, das sie in der Armbeuge trug. »Er hat sich übergeben.«

»Auf dich drauf? Er hat auf dich draufgekotzt? In dein Bett? Wie widerlich.«

»Nein, nicht auf mich drauf«, sagte Edie. »Ich habe es nicht wirklich gesehen, aber er raste mit der Hand vor dem Mund aus meinem Zimmer. Als er zurückkam, hatte er diesen Geruch an sich. Dann fragte ich ihn, ob er sich jetzt besser fühle und ob wir jetzt an dem Punkt weitermachen könnten, an dem wir stehengeblieben waren.«

George weigerte sich aber standhaft, sich dem hinzugeben, was er einen »ekligen Akt« nannte. Das war der Zeitpunkt, an dem Edie ihn aufs Ohr schlug. Und zwar kräftig. »Das wird dich lehren, daß man sich mir nicht verweigert«, sagte sie – allerdings konnte George sie nicht mehr hören.

Edie war sich keiner Schuld bewußt. »Hättest du nicht das gleiche getan?« fragte sie mich. »Wie hätte ich wissen können, daß er davon taub würde?«

Die Krankenschwester beim Empfang schaute in ihrem dicken Buch nach, als sei sie Petrus, der in einem noch dickeren Buch nachschaut.

»Ihr Freund ist nicht mehr hier«, sagte sie.

Edies Unterkiefer fiel nach unten. »Er ist tot? Ich habe ihn umgebracht?«

»Nein«, sagte die Krankenschwester. »Es geht ihm gut. Er ist nach Hause gegangen.«

»Können Sie uns vielleicht sagen, wo dieses Zuhause sein mag?« versuchte Edie es mit einem Trick, doch die Schwester hatte nicht das Recht, solche Informationen weiterzugeben.

»Die sind für Sie.« Edie legte der Schwester das Rutenbündel auf den Tisch. »Ich habe sie selbst geschnitten.«

Gegenüber dem Krankenhaus parkte ein brandneuer roter Jaguar direkt neben einem Feuerhydranten. »So was nervt mich«, sagte ich laut.

»Wirklich?« fragte Edie. »Rot ist die falsche Farbe für diesen Wagen.« Edie ging rüber und fragte sich, was für ein Mann wohl ausgerechnet Rot für einen Jaguar wählen mochte.

»Geschieden«, sagte ich. »Ein frisch geschiedener Mann.«

»Geschieden«, wiederholte sie. »Wäre es nicht nett, wenn dieser frisch geschiedene Mann sich in mich verliebte und mich seinen Wagen fahren ließe? Ich wette, dieses Schätzchen kann fliegen.« Edie schlug kräftig auf die Motorhaube.

»Vergiß es«, sagte ich. »Den würde er dich garantiert nicht fahren lassen.«

»Was meinst du, bei welchem Auto ich wohl landen werde?« fragte Edie mich. »Du weißt schon, längerfristig?«

»Versuch vor allem einen Chrysler zu vermeiden«, sagte ich. »Die gehören in die Schublade Einfamilienhaussiedlung und Ehemann, der Mitglied in einem Geheimbund oder einer Sekte ist.«

»Vielleicht mag ich das ja gerade.«

»Du würdest es hassen«, klärte ich sie auf.

»Aber weißt du, was wirklich traurig wäre?« Edies Augen funkelten, ihr Lächeln überwand Grenzen, während sie über ein erbärmliches Schicksal sinnierte. »Wenn wir in die Mercedes-Schublade gerieten. Mit allem Drum und Dran. In Silber. Das könnte mir durchaus passieren. Ich könnte in einem reichen Vorort landen und schließlich zu Alkohol und Valium greifen.« Edie streckte die Hand nach einer Zigarette aus. »Du würdest mich in meinem Country Club besuchen und bemitleiden, nicht wahr?«

Das war mir zu vertraut, um ein echter Trost zu sein. Edie wühlte in meiner Vergangenheit, und dahin würde ich niemals zurückkehren. Nicht einmal als Edies Gast würde ich jemals wieder im Country Club von Great Neck zwischen nickenden Nasen und ergrauten Haaren sitzen und mich dem Gerede über Pulloverkollektionen und Porzellanmuster anschließen. »Nein«, erklärte ich. »Ich spiele weder Golf noch Tennis. Für mich gibt es keinen Grund, in einen Country Club zu gehen.«

»Dann setzt du dich eben mit mir an den Swimmingpool«, sagte Edie. »Wir werden kettenrauchen und laut Gedichte lesen. Und du tust so, als merktest du nicht, daß ich Gin aus der Thermoskanne trinke. Gin trinkt man, wenn man vergessen will.«

»Am Swimmingpool wirst du garantiert nicht enden, Edie. Weißt du denn nicht, daß deine Haut, wenn du Tag für Tag am Pool sitzt, aussehen würde wie ein alter Schuh?«

»Aber es ist eine traurige Vorstellung. Findest du nicht, daß das eine traurige Vorstellung ist?« Traurige Vorstellungen waren ein Vergnügen, von dem uns ganz schwindelig wurde. Wir konnten uns solchen Ideen völlig hingeben, vorausgesetzt sie waren weit hergeholt oder unmöglich.

Edie streichelte den Wagen zum Abschied und sagte: »Wir werden jede Menge Spaß haben, oder? Wir werden ein denkwürdiges Leben führen, glaubst du nicht?«

Ich wollte Edie an Ort und Stelle anhalten, sie bei den Schultern packen und fragen: »Hast du denn nicht jetzt schon Spaß? Ist das hier nicht auch schon erinnerungswürdig? Worauf wartest du eigentlich, wenn das, was wir haben, schon so wunderbar ist?« Statt dessen folgte ich ihr die Treppen zur Subway hinunter, durch das Drehkreuz.

Wir standen dicht an der Bahnsteigkante und spähten in den Tunnel hinein. Den Rücken mir zugewandt, fragte Edie: »Was für ein Auto sollten George und ich haben?«

»Eine fliegende Untertasse? Ein Fahrrad?«

»Ich meine es ernst, Monarose.«

Unser Zug fuhr ein. Es gab keine zwei freien Sitze nebeneinander, und so hielten wir uns an der Stange fest, als der Zug loszuckelte. »Ich werde George heiraten.« Edies Stimme war dünn und trocken wie eine Oblate. »Ich werde George heiraten, weil ich es so will. Wir werden in Gramercy Park wohnen. Unsere Wohnung wird einen Balkon und Parkettboden haben. Kannst du das nicht direkt vor dir sehen?«

»Nein«, sagte ich. »Wenn ich mir vorstellen kann, daß George irgendwo wohnt, dann nur in einer anderen Dimension.« Ich wartete darauf, daß Edie lachte, doch ohne Vorwarnung wurde sie plötzlich ganz ruhig, dieselbe Ruhe wie vor einem Hurrikan oder Tornado, sehr still und düster, und man wünschte sich irgendeine Art von Geräusch. Eine solche Stille hat etwas Tödliches.

Als sie schließlich sprach, war ihre Stimme tonlos: »Ich dachte, du wärst meine Freundin.«

»Aber natürlich bin ich deine Freundin.«

»Ich hätte nie erwartet, daß du plötzlich auf der anderen Seite stehst«, sagte sie, als hätte ich sie verraten. Und als die Türen der Subway sich an der 72nd Street öffneten, stieg Edie aus.

Im Seminarraum setzte ich mich an meinen üblichen Platz, doch Edie ging und setzte sich ganz nach hinten. Um sie zu sehen, hätte ich mich auf dem Stuhl umdrehen müssen. Weder beim Mittagessen noch in der Bibliothek begegnete ich ihr. Am Abend saß ich auf meinem Bett und wartete darauf, daß das Telefon klingelte.

Ein weiterer Tag verging, und noch immer ging Edie auf Distanz. Am liebsten wäre ich zu ihr hingegangen, doch wenn ein Annäherungsversuch unternommen werden sollte, war es an Edie, ihn zu machen. Sie war es, die mich zur Eisprinzessin stilisiert hatte, und Eisprinzessinnen tauen für niemanden auf; insbesondere nicht für diejenigen, die sie dazu gemacht haben. Hätte sie nicht so oft gesagt »Monarose kriecht nicht zu Kreuze. Wegen nichts und niemandem«, hätte ich durchaus auf sie zugehen können. Ich ging nicht so schnell hoch wie Edie, galt dafür aber als die Härtere. Möglicherweise rief sie mich nicht an, weil sie der Meinung war, ich könne ihre Entschuldigung ablehnen.

Am dritten Tag schleppte ich mich zum »Chock Full O'Nuts«, schon beim Gedanken an das Mittagessen völlig genervt. An der Theke stand George, das rechte Ohr mit Verbandsmull verpflastert. Nervös drehte er sich auf seinem Hocker zu mir herum. »Sie ist nicht bei dir, oder?«

»Ich bin allein«, sagte ich. »Was macht dein Ohr?«

»Geht schon, danke. Bist du dir sicher, daß sie sich nicht irgendwo versteckt?« Er bückte sich und schaute unter der Theke nach, als hockte Edie dort, bereit, hervorzuspringen.

»Ehrlich«, erklärte ich. »Sie ist nicht bei mir. Ich weiß nicht, wo sie ist.« Ich nahm den Hocker zu Georges Linken. »Wir reden zur Zeit nicht miteinander.«

»Hast du keine Angst? Wer weiß, was sie noch anstellt?« George gab mir den Rat, sehr, sehr vorsichtig zu sein. »Sei immer auf alles gefaßt. Du kannst nie wissen, wann sie angreift.«

»Mußt du immer so merkwürdig sein, George? Kannst du nicht mal ein bißchen lockerlassen? Einfach ein ganz normaler Typ sein? Du hattest doch auch Spaß mit Edie. Könntest du nicht wenigstens für ein paar Tage ihr Freund sein? Sie hätte bestimmt bald genug von dir. Es müßte ja auch nicht für lang sein.«

George kletterte von seinem Hocker herunter und sagte: »Nicht für eine Sekunde.«

In meinem Briefkasten fand ich neben der Studiengebührenrechnung und einer kostenlosen Waschmittelprobe ein Telegramm der »Western Union«. Wie merkwürdig. Ich dachte, Telegramme gäbe es nicht mehr, sie wären auf der Liste der ausgestorbenen Dinge wie Absinth, die Dronte und Einladungen zum Tanztee.

AUCH WENN DU MICH NICHT MEHR MAGST, ICH MAG DICH IMMER NOCH STOP EDIE.

Ich las es laut und dann noch ein paarmal leise, bevor ich es über meinem Schreibtisch an die Wand pinnte. Dort konnte ich es immer anschauen und darüber staunen, daß ich eine Freundin hatte, die Telegramme schickte.

»Hallo«, sagte ich, als Edie den Hörer abnahm. »Ich bin's.«

»Oh, Monarose. Bin ich froh! Meine Güte, wer hätte je gedacht, daß die Tage so lang sein könnten? Ich kann mich nicht mal mehr erinnern, worum es bei unserem Streit eigentlich ging. Weißt du es noch?«

»Wir haben uns nicht gestritten«, sagte ich.

»Um so besser. Es ist nie geschehen.« Nach einer kurzen Pause bemerkte Edie, daß sie mich im »Chock Full O'Nuts« gesehen habe. »Du hast neben George gesessen. Ich stand jämmerlich einsam draußen. Was hat George zu seiner Verteidigung gesagt?«

»Nicht viel. Das Ohr ist in Ordnung. Er kann wieder hören.«

»Na ja, dann ist's ja gut. Hat er irgendwas über mich gesagt?«

»Nein. Nichts.«

»Das ist gut. Er hat uns entzweit, Monarose. Unsere kleine Reiberei ging um ihn und seine Artgenossen. Wir dürfen nicht zulassen, daß sich jemand zwischen uns stellt. Wehe denen, die das versuchen.«

»Ja«, sagte ich, denn die Hauptsache war, daß wir wieder Freundinnen waren. Außerdem hat jedes Mädchen das Recht, Ereignisse nach seinen eigenen Vorstellungen zu inszenieren.

Kurz vor dem College-Abschluß, als das Verfassen von Lebensläufen und das Absolvieren von Vorstellungsgesprächen eigentlich erste Priorität hätte haben müssen, machten Edie und ich es uns auf der Treppe vor der Bibliothek gemütlich und rauchten. Edie war bei einem Vorstellungsgespräch für einen Job als Stewardeß gewesen. In der Welt herumzufliegen schien ihr nicht so nach Arbeit auszusehen. Aber sie bekam die Stelle nicht, weil sie in schwarzen Netzstrümpfen und fingerlosen Handschuhen im Personalbüro erschien und die gestellten Fragen falsch beantwortete.

»Warum hast du ihnen nicht das gesagt, was sie hören wollten?« fragte ich. »Das wäre doch bestimmt nicht schwer gewesen.«

»Sie haben Fangfragen gestellt«, erklärte Edie. »Was meine Hobbys seien. Ob ich mich für eine fröhliche, freundliche Person halte. Darauf habe ich geantwortet, ich habe keine Hobbys. Ich habe Leidenschaften. Und nein, ich bin nicht fröhlich, und ich sehe mich auch nicht als Person, sondern als Mädchen.«

»Du wolltest den Job eigentlich gar nicht, oder?« fragte ich.

»Wohl nicht«, antwortete sie. »Wer würde auch für eine Gesellschaft arbeiten wollen, die versucht, einen schon beim Vorstellungsgespräch reinzulegen?« Edie schnippte ihre Zigarette die Treppe hinunter und sah zu, wie sie zu Boden fiel. »Ich weiß, Monarose, das ist vielleicht eine öde Frage, aber was sollen wir deiner Meinung nach im Juni tun?«

Ich ging auf das Naheliegende nicht ein und sagte: »Als erstes müssen wir dir eine Wohnung besorgen.« Daß ich nicht auf dem Campus wohnte, hatte ursprünglich damit zu tun, daß ich meine Bewerbung fürs Wohnheim nicht rechtzeitig eingereicht hatte, erwies sich im nachhinein aber als genial, denn es ersparte mir jetzt den Run auf den Wohnungsmarkt. »Nach dem Abschluß kannst du nicht mehr im Wohnheim bleiben. Du mußt irgendwo wohnen.«

»Ich meine beruflich«, sagte Edie.

»Ach so. Das.« Ich hatte inzwischen immerhin einen rudimentären Lebenslauf verfaßt. Ich hatte ihn dabei, er steckte in einem Heft. Außerdem war ich bei der Berufsberatung gewesen. Dort fragte mich ein pingeliger Herr nach meinen Interessengebieten. Da mir dazu nichts einfiel, scheuchte er mich zu einer energischen Dame, die ihre eigentliche Berufung als Urinproben einsammelnde Krankenschwester offensichtlich verfehlt hatte. Sie gab mir eine Reihe von Multiple-Choice-Tests, mit denen ich wie bei einer computergestützten Partnervermittlung auf meinen Idealberuf stoßen sollte. Ich kreuzte die Kästchen an, neben denen stand: »Zu Hause bleiben und ein Buch lesen, einem kranken Freund etwas vorlesen, spazierengehen.«

Ich hätte gedacht, meine Antworten würden eine Eignung zur häuslichen Krankenpflege oder zur Dichterin erkennen lassen. »Marktforschung«, schloß die Frau.

Edie schnitt das Thema Berufsplanung an, weil sie wochenlang darüber gegrübelt hatte und zu ihrem eigenen Schluß gekommen war. »Eigentlich taugen wir zu gar nichts«, sagte sie.

»Vielleicht, aber irgendwie müssen wir trotzdem einen Job finden.«

»Ach. Wirklich?« Edie tat so, als sei das etwas völlig Neues. »Seit wann haben wir nicht mehr das Recht auf das Streben nach Glück, wie es in der US-Verfassung garantiert ist?«

»Seit Dinge wie Essen und Miete Geld kosten. Wovon sollten wir denn sonst leben?« fragte ich.

Edie streckte die Hand nach einer weiteren Zigarette aus und sagte: »Wir leben von den Reichtümern der Erde«, als wäre New York Tahiti und wir könnten aus dem Fenster greifen und eine Mangofrucht vom Baum pflücken. »Sieh der Sache doch mal ins Gesicht, Monarose. Wir können nicht gleichzeitig einen Job haben und nach Glück streben.« Edie zufolge gab es nur zwei Alternativen: »Entweder der Alltagstrott macht uns fertig oder wir wählen den Luxus der Armut.«

»Armut?« fragte ich. »*Armut*, wie im Sinne von Nicht-massiv-auf-dem-Aktienmarkt-investieren-können und Ferien-in-Portugal-machen, wo der Dollar am weitesten reicht? Oder *Armut* wie Möbel-als-Brennholz-verheizen-und-mit-Lebensmittelgutscheinen-einkaufen-gehen?«

»Keine Lebensmittelgutscheine«, sagte Edie. »Eher Lebensmittelkarten. Und wir werden *arm* sein wie die Boheme. Wir werden abgewetzte, von anderen abgelegte Samtkleider tragen, gewagt und schick. Wir werden Dinnerpartys geben und Pellkartoffeln mit billigem Chianti servieren. Die Armut wird unsere Phantasie beflügeln. Wir werden diese Erfahrung transzendieren und auf andere Weise reich sein. Armut ist nur eine Geistesverfassung, Monarose.«

Edie meinte, die einen oder anderen Luxusartikel würden wir aber doch haben. Schmuck, Nippes und hübsche

Kleinigkeiten würden den Weg zu uns finden, uns in den Schoß fallen wie Regen vom Himmel. »Das ist natürliche Auslese.«

Um die Grundbedürfnisse abzudecken, würden wir gelegentlich Teilzeitstellen annehmen. Als Kellnerin im Café, Verkäuferin im Buchladen oder als Empfangsdame bei zwielichtigen Geschäften.

»Aber stell dir mal vor, wir verdienen nicht genug, um die Miete zu bezahlen. Oder um Zigaretten zu kaufen. Es mag ja ganz schick klingen, wenn man sich arm nennt, aber kannst du dir ernsthaft vorstellen, daß wir den Bürgersteig nach einer weggeworfenen Lucky Strike absuchen?« fragte ich.

»Sei nicht widerlich.« Für die Zeiten, die wir trotz ihres großen Potentials an Lebenserfahrung niemals durchmachen wollten, hatte Edie noch einen Plan in der Hinterhand. »Du weißt, daß unsere Eltern uns für einigermaßen verantwortungslos halten. Sei mal ehrlich, Monarose. Du bist in Keramik durchgefallen. Eine verantwortungsvolle Person fällt nicht in ›Gestalten mit Ton‹ durch. Eine verantwortungsvolle Person wählt überhaupt kein ›Gestalten mit Ton‹.«

Vielleicht war ich im Töpferkurs durchgefallen, aber verglichen mit Edie war ich Amateurin in Sachen Verantwortungslosigkeit. Sie betrieb sie professionell, verpulverte regelmäßig ihren Monatsscheck für Einwegflüge nach London oder Kansas City, von wo aus sie sich per R-Gespräch meldete, sie sei gestrandet und brauche Geld.

»Du weißt doch, daß unsere Eltern wie die Geier darauf lauern, daß wir in der Patsche sitzen, damit sie sich auf uns stürzen und triumphieren können: ›Habe ich es dir nicht gleich gesagt?‹ Es wäre ein schwerer Schock für sie, wenn wir Karriere machten, unser Konto ausgeglichen wäre und all ihre Erwartungen enttäuscht würden. Wir dürfen unsere Eltern nicht des Irrtums überführen«, sagte Edie. »Das wäre respektlos.«

Meine Eltern hofften, ich würde Lehrerin werden. Nichts Ausgefallenes, aber auch nichts, wofür man sich schämen mußte. Und natürlich nur, bis ich heiratete und eine Familie hatte. Ich wollte nicht Lehrerin werden.

»Ich halte Armut für göttlich, Monarose. Was meinst du?«

Meine Erfahrung mit Armut war auf gelegentliche Spaziergänge in der einen oder anderen, wie meine Mutter es nannte, »schlechten Gegend« beschränkt, die gleichen Viertel, durch die unser Vater uns auf dem Weg ins Theater oder zu irgendeinem Museum im Auto fuhr. Sobald meine Mutter den ersten Wohnblock sah, ermahnte sie mich wie auf Knopfdruck: »Verschließ bloß die Tür, Mona, und schau dir an, wie sie die Wäsche auf der Wäscheleine trocknen. Mein Gott, in welchen Verhältnissen manche Menschen leben müssen.« Meine Mutter gab mir auch ›Marjorie Morningstar‹ zu lesen, damit ich wußte, daß ich, selbst wenn ich rebellierte und mit einem unbürgerlichen Lebensstil herumexperimentierte, schließlich doch in einer Ehe mit einem netten Zahnarzt landen würde, denn so ist das bei jüdischen Mädchen der oberen Mittelklasse. Am Ende haben sie keine Wahl.

»Also, wie hältst du's, Monarose?« fragte Edie.

Ich nahm meinen Lebenslauf aus dem Heft. »Ich denke, den werde ich wohl nicht brauchen«, sagte ich.

Edie schnappte mir den Wisch aus der Hand und überflog ihn. »Genau, wie ich es mir gedacht habe«, sagte sie. »Dich würde ohnehin niemand einstellen. Das könnte sich ja doch keiner leisten.« Edie faltete meinen Lebenslauf zu einem Papierflieger und warf ihn in die Luft.

2. *Internationale Verwicklungen*

Edie und ich bekamen beide nicht die Abschlußgeschenke, die wir uns gewünscht hatten. Niemand besorgte uns ein Bankkonto mit unbegrenzter Deckung, ein Luftschloß oder wenigstens größere Summen Bargeld. Als hätten unsere Eltern sich abgesprochen, bekamen wir beide eine Auslandsreise geschenkt – einen Monat in einem Land unserer Wahl.

Obwohl meine Schwärmerei für Professor Vicars schon eine kleine Ewigkeit zurücklag, blieb ich seiner Vision von den griechischen Göttern und Göttinnen treu – ein netter Haufen, der wilde Partys schmiß. Ich wollte mich auf dem Olymp austoben, Nektar trinken, Trauben essen und mich der einen oder anderen dionysischen Orgie hingeben. Edie würde endlich die Fresken und Pyramiden sehen.

Wir planten unsere Abreise für denselben Tag, und so konnten wir gemeinsam im Taxi zum Flughafen fahren. Wir versicherten uns gegenseitig, daß wir einander bis zu unserem Treffen in Alexandria schrecklich vermissen würden.

In Athen entdeckte ich, daß die Götter den Sommer anderswo verbrachten. Ich bestieg ein Boot nach Paros, um sie in Höhlen und Katakomben aufzuspüren. Ich durchsuchte die Ruinen von Rhodos nach ihnen.

Aber auch dort: nichts. Als wäre das noch nicht schlimm genug, färbte die griechische Sonne mein Haar orangefarben und meine Haut grün wie eine Martini-Olive. Griechenland war nicht der richtige Ort für mich.

Edie kam direkt vom Flughafen zu meiner Wohnung. Sie war sauer. »Wo hast du gesteckt? Ich habe tagelang in Alexandria gewartet. Wir wollten doch auf dem Nil zu Mittag speisen. Ich habe das perfekte Plätzchen gefunden, Leinentischtücher, eine gute Weinkarte – und wer nicht kommt, bist du.«

Ich erklärte, daß sie mit Sicherheit nicht mit mir hätte speisen wollen. »Ich war grün und orange, Edie. Das hätte sich nicht mit der Dekoration vertragen.«

Edie ließ sich dieses Bild durch den Kopf gehen und stimmte zu, ja, es war gut, daß ich sie versetzt hatte. Es tat ihr leid, daß Griechenland nicht meinen Vorstellungen entsprochen hatte. »Vielleicht sollten wir nie die Orte besuchen, an die es uns am meisten zieht. Am besten, wir reisen ab sofort nur noch ohne Erwartungen. An Orte, von denen wir noch nie gehört haben. Es tut mir wirklich leid«, wiederholte sie.

Die Pyramiden waren zwar kleiner, als Edie erwartet hatte, aber insgesamt war die Reise kein Reinfall gewesen. Ägypten wimmelte nur so von Fresken. »Sie sehen tatsächlich so aus wie ich. Schau selbst.« Sie öffnete ihren Koffer und holte eine Unzahl von Ansichtskarten heraus, alles Fresken ägyptischer Königinnen. Am meisten glichen sie Edie in Hinblick auf das Haar, nicht zuletzt, weil Edie ihres im Stil von Kleopatra hatte schneiden lassen. »Und schau, was ich noch für uns besorgt habe«, Edie griff wieder in den Koffer. »Khol.« Sie hielt zwei Glasfläschchen hoch, die mit schwarzem Staub gefüllt waren. In den zwanziger Jahren hatten sich rassige Frauen mit Khol die Augen geschminkt. Ich hatte es mir immer wie die Zeichenkohle eines Künstlers oder wie Grillkohle vorgestellt. »Man könnte annehmen, es ist zum Schnupfen gedacht«, sagte ich.

Das Khol war so tiefschwarz, daß es das Weiß unserer Augen bläulich schimmern ließ. Wir drängten uns vor den Spiegel, und ich erklärte, daß wir wunderschön aussahen.

»*Noch* schöner«, fügte Edie hinzu. Dann fragte sie, wenn wir wählen könnten, wären wir dann lieber schön oder intelligent?

»Das eine ist ohne das andere nicht möglich«, antwortete ich. »Wie hübsch auch immer, ein dummes Mädchen kann niemals wirklich schön sein. Sie hat keine Ausstrahlung. Und intelligente Mädchen sind clever genug, sich richtig zurechtzumachen.«

»Du hast mir gefehlt«, sagte Edie, zum Spiegel gewandt. »Wie verträgt sich Lidschatten damit? Ist das zuviel?« Doch bevor ich noch »Vielleicht« einräumen konnte, beantwortete Edie ihre Frage selbst. »Nein. Es ist nie zuviel. Zuviel gibt es nicht.«

Wir zogen gar nicht in Erwägung, daß Edie zu mir ziehen sollte, bis sie ein eigenes Zimmer gefunden hatte. Ein Zimmer zu teilen ist eine heikle Sache, und oft geht eine Freundschaft dabei drauf. Dieses Risiko wollten wir nicht eingehen.

Edie machte mit Janet aus, daß sie zu ihr ziehen würde. Janet kannten wir vom College, sie rasierte sich die

Augenbrauen, weil Haare im Gesicht unordentlich waren, schlampig aussahen, richtige Staubfänger. Janet hatte eine Zweizimmerwohnung in der Upper West Side.

Als wir zu Janet kamen, mußten wir vor dem Eintreten die Schuhe ausziehen. Sie hatte gerade den Boden gewischt. Ich flüsterte Edie zu: »Meinst du, du wohnst gerne mit jemandem zusammen, bei dem du die Schuhe ausziehen mußt?« Edie flüsterte zurück: »Ich weiß nicht, ob ich gerne mit jemandem zusammenwohnen will, der den Boden wischt.« Augenbrauen waren nicht das einzige, was Janet schlampig fand. Auch Edie war schlampig. »Du hättest es nicht für möglich gehalten, Monarose. Ich habe mir eine Tasse Kaffee gemacht, und sie hat sich mit einem Tablett auf mich gestürzt. Ein Tablett. An meinem eigenen Wohnsitz. Ein Tablett.«

Janet war eine quietschsaubere Verrückte. Ihr Badezimmerschränkchen war mit weiblichen Hygieneartikeln vollgestapelt, und in ihren Küchenschränken lagerten kistenweise Putzmittel. Edie hielt eine Einweg-Intimdusche in der einen Hand und eine Putzmittelflasche »Mr. Clean« in der anderen. »Ich weiß, daß diese Dinge miteinander in Verbindung stehen«, sagte sie, »aber ich möchte wirklich nicht herausfinden, in welcher.«

Um eine eigene Wohnung zu bekommen, war Edie zu Kompromissen bereit. Sie würde mehr zahlen, als sie sich leisten konnte, und deshalb gelang es ihr, innerhalb einer Woche etwas zu ergattern. Sie unterließ es, Janet von ihrem Auszug zu erzählen, und hinterließ ihr ein Waschbecken mit schmutzigem Geschirr sowie einen

Aschenbecher voll Zigarettenkippen und Kaugummi. »Dann tut es ihr nicht so leid, daß ich weg bin«, erklärte Edie.

Lang auf meinem Diwan ausgestreckt, pickte Edie Pekannüsse aus den Törtchen, die ihre Mutter mir geschickt hatte. Der Diwan war eine Neuerwerbung für meine Wohnung, ich hatte ihn gekauft, als ich mit Edie nach Möbeln für ihre Wohnung suchte. Edie schwatzte mir die Couch auf und bestand darauf, daß es ohne dieses Ding nicht mehr ginge. Wenn ich mich darauf rekelte, wenn ich mich nackt darauf rekelte und einen Apfel aß, würde ich an eine Marmorstatue erinnern.

Ich saß an meinem Schreibtisch und feilte mir die Fingernägel.

»Warum schickt meine Mutter dir Pekannußtörtchen?« fragte Edie. »Schließlich ist sie *meine* Mutter.«

Die Törtchen waren Mrs. Hawkes' Dankeschön dafür, daß ich Edie aufgespürt hatte, nachdem sie auf einen Besuch zu ihrer Mutter losgeflogen und nicht angekommen war. Mrs. Hawkes rief mich in Panik an. Ich telefonierte mit dem Flughafen und erfuhr, daß das Flugzeug einen Zwischenstopp in Atlanta eingelegt hatte. Solange es in einer Stadt ein Hilton-Hotel gab, konnte man seinen Kopf darauf verwetten, daß Edie dort war. Sie bevorzugte das Hilton, weil Elizabeth Taylor einmal mit dem Besitzer der Kette verheiratet gewesen war. Elizabeth Taylor gehörte zu Edies Idolen, denn Edie bewunderte Frauen, die oft heirateten.

Ich schüttelte ein Fläschchen mit Nagellack und bemalte die Nägel der einen Hand, wobei ich die Finger spreizte, damit Edie es sehen konnte. »Was hältst du von der Farbe?« fragte ich.

»Ungefähr wie Vorkriegsberlin«, sagte Edie. Dann entschlüpfte es ihr mit drei gequälten kleinen Seufzern: »Oh, Monarose, warum haben Leidenschaften die Lebensdauer eines Niesers?«

Während Edie in Atlanta war, ging ich mit einem Typ aus, dessen Name mir entfallen ist. Er führte mich zum Dinner aus. Ich habe mich schon oft gefragt, warum das Ritual erst das Abendessen und dann den Sex vorsieht. Es sollte umgekehrt sein. Erst wollte dieser Typ sich eine Vorspeise aus gebackenen Muscheln mit mir teilen. Dann ein paar Gedanken. Ich schaute ihn über den Tisch hinweg an und fragte mich, was das wohl für ein Typ war, der mir nicht mal meine eigenen gebackenen Muscheln zugestehen wollte. Nach dem Abendessen machte ich ihm klar, daß er abschwirren sollte, und ging allein nach Hause. Was durchaus nicht das war, was ich ursprünglich vorhatte.

»Warum können wir uns nicht verlieben und bis zum Ende unserer Tage voller Glück und Leidenschaft sein?« wollte Edie wissen.

Wir konnten Glück und Leidenschaft bis zum Ende unserer Tage haben. Nur nicht mit einem einzigen Mann. Wir brauchten eine ganze Reihe von Männern. Eine Folge unmöglicher oder unwahrscheinlicher Männer. Die durch und durch netten Jungs waren langweilig. Sich in einen durch und durch netten Jungen zu verlieben war ein Vertrag, eine Abmachung und so aufregend wie ein Nickerchen. Für eine Leidenschaft mußte man bereit sein zu sterben. Nette Jungs ernteten nicht einmal einen Blick. Ich faßte in Worte, was ich von Edie gelernt hatte: »Leidenschaft ist wie eine Revolution. Sie muß die Tiefen der Seele aufwühlen. Von ihr muß Gefahr ausgehen.«

»Gefahr.« Edie ließ es wie ein fremdsprachiges Wort klingen, ein wunderbares, das sich nicht übersetzen läßt. »Gefahr«, sagte sie wieder und wieder, bis es den Klang von *köstlich* annahm.

»Nimm zum Beispiel den Hai«, sagte ich. »Sobald er sich niederläßt, und wenn er auch nur ganz kurz in seinen Bewegungen innehält, stirbt er. Das menschliche Herz, Edie, funktioniert ziemlich genauso.«

»Wir können so viel vom Tierreich lernen«, bemerkte Edie. »Aber wo, frage ich dich, finden wir die Jungs für unsere Leidenschaft? Diejenigen, die bei ›Paine Webber‹ arbeiten, sind es gewiß nicht. Das weiß ich. Ich war mit den meisten von ihnen aus.«

Es verwirrte mich immer wieder, daß ich Edie die Ideen erklären mußte, die ursprünglich von ihr selbst stammten, doch ich tat, was von mir erwartet wurde. »Es geht nicht um die Frage, wo man sie findet. Es geht um das Timing. Unsere Liebesgeschichten müssen von Anfang an zum Scheitern verurteilt sein. Nicht wie diejenigen, bei denen sich das erst später herausstellt.«

»Meinst du, es wäre besser, sich mit verheirateten Männern zu treffen?«

»Zur Not, vielleicht. Aber bei verheirateten Männern riskiert man, daß sie die Ehefrau für einen verlassen.«

»Aber gerade das würde mir gefallen«, beharrte Edie. »Wenn er seine Frau verließe, sein Haus, seine Kinder, wäre das doch ein Beweis für seine Liebe.«

»Wenn das passierte«, warnte ich sie, »könntest du niemandem mehr nachjagen. Du würdest mit dem Ehemann einer anderen festsitzen. Du aber willst dich in den Feind verlieben.« Ich trichterte ihr den Gedanken an eine geheime Liebesaffäre häppchenweise ein. »Den Feind.«

Edie setzte sich auf. »Krieg ist wirklich romantisch.« Sie erwärmte sich sichtlich für die Idee. »Wenn wir Krieg hätten, würde ich mich vermutlich in einen Soldaten von der anderen Seite verlieben. Der Kommandeur und ich würden uns nachts in ausgebombten Ruinen treffen und uns aneinander festklammern, während um uns herum die Geschosse einschlagen. Ein Priester, der sich versteckt hält, würde uns trauen, und dann würde mein Kommandeur fallen. Wäre das nicht vom Feinsten? Hey, Monarose, ist Franco eigentlich schon tot?«

Edie brauchte nur zehn Sekunden, um einen Krieg vom Zaun zu brechen, den sie für eine Romanze ausschlachten konnte. Den kalten Krieg. »Die Russen sind ein gutaussehendes Volk, oder?« fragte Edie.

Die eiskalte Kluft zur Sowjetunion bot vielleicht nicht den Zauber einer Sache auf verlorenem Posten und hatte auch nicht denselben Glamour, wie wenn Spione der Alliierten einander in Lissabon Informationen übergeben, doch so schlecht waren die Umstände nun auch wieder nicht. Der Feind war genau definiert, unser Idiot von einem Präsidenten hatte die Sowjetunion das »Reich des Bösen« genannt, und es gab keine Gefahr für Leib und Leben.

»Nicht schlecht, Monarose. Leidenschaft und Revolution sind ein und dasselbe. Die Sowjets sind ein leidenschaftliches Volk: Denk nur mal an die roten Fahnen, die im weißen Schnee Sibiriens wehen. Das reicht mir für eine Gänsehaut an den intimsten Stellen.«

Die meisten Mädchen hätten sich mit einem kurzen schwärmerischen Ausflug in die Phantasie begnügt. Vielleicht hätten sie von einem gesichtslosen Mann mit Pelzmütze geträumt. Oder hätten sich drei-, viermal hintereinander ›Doktor Schiwago‹ angeschaut, wobei nicht mehr als eine kurze Schwärmerei für Omar Sharif herausgekommen wäre. Doch Edie war nicht wie die meisten Mädchen. Gleich am nächsten Tag nahm sie den kürzesten Weg zum Hauptgebäude der Vereinten Nationen, um nach Sowjets Ausschau zu halten.

Vielleicht hätte sie den Versuch gemacht, in die Vollversammlung hineinzustürmen, wäre sie nicht zuerst zum Andenkenladen gegangen. Dort hing an der Kasse ein Plakat, das ein Treffen des Russischen Buchclubs ankündigte. Alle waren eingeladen, daran teilzunehmen.

Die Sowjets priesen diesen Buchclub als kulturelles Ereignis an. Eine New Yorker Zeitung behauptete, es handele sich um ein Spionagenetz. Die Sowjets entgegneten, es sei eine Friedensgeste. Edie nannte ihn die »Gelegenheit ihres Lebens«.

Einige FBI-Agenten hatten sich draußen aufgepflanzt und fotografierten jeden, der hineinging. Edie und ich blieben stehen, kontrollierten zuerst unser Make-up im Taschenspiegel und posierten dann für unsere Akte. »Könnten wir wohl einen Abzug von diesen Fotos bekommen?« fragte Edie.

»Aber sicher«, meinte ich. »Einblick in unsere Akten steht uns rechtmäßig zu.«

Der kulturelle Höhepunkt dieses Buchclubtreffens war ein Film über die Getreideernte, der ohne Untertitel auf Russisch lief. Hinter uns flüsterte ein Mann seinem Begleiter zu: »Brillanter Minimalismus, meinst du nicht auch?«

Das Gute an diesem Film war, daß er nach zehn Minuten zu Ende war. Als das Licht wieder anging, lud uns eine Frau, die wir »Natascha« tauften, »zu Diskussion von kulturelles Ereignis« ein.

»Wenn irgend jemand dich fragt«, wies ich Edie an, »dann sag, es war brillanter Minimalismus.«

Doch es fragte niemand. Hinter »Diskussion von kulturelles Ereignis« verbarg sich eine Party – Punschgefäße voll Pfefferwodka, geräucherter Lachs, Kaviar, Schwarzbrot und Kartoffelchips. Diese Sowjets tischten ganz schön auf.

»Guck dir den mal genauer an, Monarose.« Edie deutete auf einen Mann, der sich gerade ein Fischei von der Oberlippe leckte. »Ist er nicht das absolute Ebenbild von Ilya Kuryakin, du weißt schon, der Mann aus ›Solo für O.N.C.E.L.‹?« Edie schob sich an stattlichen Würdenträgern und mickrigen Hilfsangestellten vorbei auf den Mann zu, der sich noch immer die Lippe ableckte.

Er füllte ihr Glas aus dem Punschgefäß nach. Ich schaute zu, wie sie sich unterhielten. Edie war gut drauf, und der Mann lachte immer einen Bruchteil einer Sekunde zu spät, als warte er auf ihr Zeichen. Vielleicht sprach er kein Englisch.

Als wir gingen, erzählte Edie mir alles über ihn. Er hieß Wladimir. Er war ein Konsul niederen Ranges und wohnte in der Sowjetsiedlung in Riverdale. »Sie werden mit einem Bus abgeholt. Ist das nicht nett? Meinst du, es wird mir gefallen, in einer bewachten Siedlung in Riverdale zu wohnen?« Doch bevor ich erwidern konnte, daß man in einer solchen Siedlung wie im Gefängnis lebt, sagte Edie: »Weißt du, Monarose, es gibt wirklich keinen Grund – nichts als die Romantik des Krieges.«

Der Russische Buchclub kam immer am dritten Donnerstag eines Monats zusammen. Schon am Montag war die Aussicht, Wladimir dreieinhalb Wochen nicht mehr zu sehen, unerträglich. Edie kehrte zu den Vereinten Nationen zurück, um ihn aufzuspüren.

Nachdem sie in der Lobby herumgetrödelt hatte, strich sie durch die Cafeteria, doch auch da war Wladimir nicht. In der Hoffnung, ihn am Pinkelbecken zu finden, verirrte Edie sich in die Männertoilette, wurde aber von einem portugiesischen Delegierten hinausgescheucht. Als nächstes ging sie nach oben zum Sitzungssaal der Vollversammlung, die tagte jedoch nicht. Allein saß Edie im großen Auditorium und dachte darüber nach, was zu tun sei.

An der Grand Central Station stieg Edie in die Bahn nach Riverdale. Von da fuhr sie mit dem Sammeltaxi zur Sowjetischen Siedlung. Vor dem Tor stand ein Wächter, dem es mißfiel, daß sie sich dort herumtrieb.

Doch der Tag war noch jung, und Edie gehörte nicht zu denjenigen, die die Flinte so leicht ins Korn werfen. Fest entschlossen, den Kontakt herzustellen, kaufte sie eine Ansichtskarte des nördlichen Manhattan und schickte Wladimir eine Nachricht: *Ich werde dich aus dem Mittelmaß erretten. Du triffst mich an der Freiheitsstatue. Um Mitternacht. Heute. In Liebe, Edie.* Die warf sie sofort ein und rief mich dann an.

»Oh, Edie«, sagte ich. »Das darf doch nicht wahr sein. An welche Adresse hast du sie denn geschickt?«

»Die U. N. Ich hätte sie in die Siedlung geschickt, aber mir war das Adressensystem nicht klar. Morgen müßte er sie haben. Er wird vor Freude rot anlaufen.« Sie mußte lachen, wenn sie nur an seine Gesichtsfarbe dachte.

»Von wegen rot«, sagte ich. »Bleich wird er werden. Schneeweiß wie in ›Sibirisches Arbeitslager‹.«

Edie wollte nicht auf mich hören. »Du glaubst doch, daß er kommt, oder?«

»Nein«, antwortete ich. »Wahrscheinlich ist er gerade auf dem Weg zurück in die Sowjetunion. In Handschellen.« Ich erklärte Edie, daß Wladimirs Post, noch dazu Post von amerikanischen Frauen, vom KGB überwacht wurde. »Deine Botschaft läßt den Verdacht aufkommen, er wolle sich absetzen.«

Edie schwankte zwischen Hingabe an das Bild eines Wladimir, der im Gulag für seine Liebe büßt, und dem Unglauben, daß irgend jemand ihre Notiz ernst nehmen könnte. »Es war eine Postkarte, Monarose. Niemand schreibt eine ernstzunehmende Nachricht auf eine Postkarte. Auf jeden Fall wird er erklären, daß wir uns verliebt haben. Der KGB wird Verständnis dafür haben. Jeder hat Verständnis für die Liebe.«

Ich wollte nicht zum nächsten Treffen des Russischen Buchclubs mitkommen. Ich hatte meine eigene Romanze mit einem dieser gerade noch akzeptablen verheirateten Männer. Donnerstags abends ging seine Frau immer in einen Kurs für kreatives Schreiben in der 92nd Street beim YMCA. Außerdem war ich nicht scharf auf das Buchclubtreffen, weil ich fürchtete, man könne uns als Agitatoren rausschmeißen.

»Ist irgend jemand an deiner Tür erschienen und hat Fragen gestellt?« meinte Edie. »Glaub mir, die Sache ist gegessen.«

Diesmal trat eine ukrainische Volkstanzgruppe auf.

Wir saßen in der hintersten Reihe, von wo aus Edie Wladimirs Ohren sehen konnte. Auch Wladimir entdeckte Edie. Wie nachdrücklich sie auch behauptete, er habe erfreut gewirkt, sie zu sehen, der Mann war völlig entsetzt. Während der ganzen Vorführung schaute er sich immer wieder zu ihr um und dann an ihr vorbei, als wisse er, daß er beobachtet wurde.

»Siehst du«, sagte Edie. »Er kann es nicht lassen, mich anzuschauen. Er freut sich so, daß ich hier bin, daß er kaum stillsitzen kann.«

Bei der »Diskussion von kulturelles Ereignis« zog Wladimir sich in eine Ecke zurück. »Bitte«, bat er Edie, »gehen Sie von mir weg.«

»Aber das meinen Sie doch nicht ernst«, flirtete Edie.

»Ich bin verheirateter Mann.« Wladimir drückte sich an die Wand, als stünde er vor einem Exekutionskommando. »Ich liebe meine Frau sehr. Ihr Amerikaner habt keine Moral. Ich bin glücklich verheirateter Mann. Gehen Sie weg.«

Edie stürmte davon. »Ist denn das zu fassen?« fragte sie mich. »Ich glaube es einfach nicht. Man darf diesen Russen einfach kein Wort abnehmen. Die sind Experten der Doppelbödigkeit.«

Ich hatte genug. Zwischen Pfefferwodka und Liebesgespinst plagten mich Kopfschmerzen, die nicht verschwinden wollten. »Ich geh' nach Hause«, erklärte ich Edie. »Kommst du mit?«

»Nein, ich bleibe noch eine Weile hier. Mal sehen, ob ich dieses doppelbödige Gerede nicht doch entschlüsseln kann.«

Die Vorstellung, Edie allein dort zu lassen, gefiel mir gar nicht. Wie leicht konnte das schwerwiegende Folgen haben. Sie ahnte wohl, was in mir vorging, denn sie sagte: »Jetzt mach dir mal keine Sorgen. Ich werde schon keinen internationalen Zwischenfall auslösen.«

Am nächsten Nachmittag tauchte Edie im »Wall Street Restaurant« auf, wo ich an der Garderobe Mäntel abnahm. Damit kam ich einem Job als Miettänzerin, die für 10 Cents pro Tanz in einem Tanzschuppen das Bein schwingt, so nahe, wie es mir möglich war. »Komm schon«, sagte sie. »Laß uns abhauen. Mit einem solchen Job willst du doch nicht alt werden.«

»Warum bist du nicht bei der Arbeit?« fragte ich. Edie war drei Tage pro Woche in einem Büro angestellt, wo sie Zahlenlisten in ein Diagramm übertrug.

Um das Ganze ein wenig zu beschleunigen, warf sie einige der Listen in den Papierkorb. Als ihr Vorgesetzter ihren Abfalleimer durchsuchte, was von schlechtem

Benehmen zeugte, holte er die zerknüllten Listen heraus und fragte: »Was soll ich Ihrer Meinung nach mit Ihnen tun?« Und Edie sagte: »Sie könnten mich rausschmeißen.«

Ich schnappte mir meine Jacke und überließ es den Geschäftsleuten, ihre Burberrys selbst aus dem Meer beigefarbener Trenchcoats zu fischen. »Wohin?« fragte ich meine Freundin.

»Wie wär's mit Coney Island?« schlug Edie vor, um mir einen Gefallen zu tun. Jahrelang habe ich ihr in den Ohren gelegen, sie müsse unbedingt dorthin und auf dem »Cyclone« fahren. Daß sie noch nie auf dieser Mutter aller Achterbahnen gewesen war, schien mir unglaublich.

Während wir auf den Zug der Linie D warteten, erzählte Edie, ich hätte gestern nacht noch bleiben sollen. Die Party des Buchclubs ging bis in die frühen Morgenstunden. »Es war echt spitze. Das einzig Dämliche war dieser entsetzliche Wladimir, der sich da rumdrückte. Ein echter Blindgänger. Eine Granate, die nicht losgeht«, sagte sie. »Wirkt furchtbar gefährlich, und dann – nichts als heiße Luft. Mit dieser Haltung wird er nie weit kommen. Wie ich mich bloß in den verlieben konnte?«

Mit Boris war es natürlich etwas ganz anderes. Boris war Edies Aufmerksamkeit wert. Boris mußte weit oben in der sowjetischen Befehlshierarchie stehen, weil er ein alter Herr war und weil er Edie von sich aus aufgesucht hatte, als sie allein beim Punschgefäß stand. »Er hatte keine Angst vor mir«, sagte sie. »Boris hat vor nichts Angst.«

Mir kam der Gedanke, Boris habe Edie aufgesucht, um

sie anzuzapfen, um herauszufinden, was sie im Schilde führte. Aber Edie widersprach: »Nein. Er war sehr von mir eingenommen. Boris ist sehr anspruchsvoll und tut, was er will. Ganz anders als Wladimir.« Edie erhob die Stimme, um das Kreischen des einfahrenden Zuges zu übertönen. »Wladimir ist nur eine kleine Schachfigur auf dem politischen Spielfeld.«

An einem Freitag nachmittag im Mai machte der Vergnügungspark von Coney Island nicht gerade das große Geschäft. Nirgendwo gab es Warteschlangen, und wir hatten den »Cyclone« ganz für uns, was wie eine Fahrt im Geisterzug war.

Wir saßen im ersten Wagen, warteten darauf, daß es losging, und ich erklärte Edie, warum der »Cyclone« das Prachtstück unter den Achterbahnen ist. Vielleicht ist er nicht mehr die größte oder die schnellste, aber er ist die einzige Achterbahn aus Holz. Holz kann jede Sekunde zerbrechen. Dieser Tatsache verdankt der »Cyclone« seinen Ruf. Außerdem haut einen die zweite Abwärtsstrecke einfach um.

»Schau mal«, Edie zeigte nach oben. »Ich glaube, die Bohle da ist gesprungen.«

Langsam zunächst krochen die Wagen nach oben und wurden allmählich schneller, bis wir so hoch waren, daß einem beim Runtersausen angst und bange werden konnte. Oben auf dem Gipfelpunkt, wo die Wagen schwankend stillstehen, stellte ich mir vor, wir kippten auf dem Gleis und stürzten auf die Mermaid Avenue unter uns. Auf magische Weise würde die Straße zum Meer werden, grün, salzig und tief. Edie und ich würden zum Meeresgrund gleiten, auf Seepferdchen reiten und Austern essen. »Mermaid Avenue« war ein wunderschöner Name für eine Straße. Ein so schöner Name, daß ich am liebsten dort gewohnt hätte, wenn es nicht so eine heruntergekommene Gegend gewesen wäre.

Wir warteten es gar nicht ab, daß die Wagen zum Stillstand kamen, und hüpften auf wackeligen Beinen heraus. »Und?« fragte ich Edie. »War das nicht eine gigantische Fahrt?«

Edie stimmte zu, der Weg habe sich zwar gelohnt, aber das Vergnügen wäre größer gewesen, wenn wir nicht genau am Anfangspunkt wieder angekommen wären. »Sie sollten uns da drüben rauslassen«, sie nickte zur anderen Seite des Parks hinüber. »Es sollte ein Ziel geben. Viel zu oft drehen sich die guten Dinge im Kreis.«

An ihrer Küchenwand hatte Edie eine Weltkarte hängen. Alle Orte, an denen sie einmal gewesen war, waren rot eingekreist. Ihr Ziel war es, an so vielen Orten wie möglich den Boden zu berühren, und sei es auch nur für ein paar Minuten. So wollte sie den Planeten zu einer kleinen, flachen Scheibe reduzieren, wo keiner zu weit weggehen konnte und niemand ganz außer Reichweite war.

Obwohl wir keineswegs vorhatten, das Zeug zu essen, kauften wir uns jeder eine Zuckerwatte. Rosa Watte in einer Papiertüte ist ein wunderbar neckisches Accessoire, wenn man am Karussell vorbeischlendert, am Riesenrad oder an der »Teufelsscheibe«. Verglichen mit dem »Cyclone« machten einen Fahrten darin nur wirr im Kopf. Damit würden wir unsere Zeit nicht verschwenden. Wir haßten jede Art von Antiklimax. »Möchtest du nach Brighton Beach rübergehen?« fragte ich Edie. »Wir könnten uns dort unter die Russen mischen.« Brighton Beach, das viele russische Emigranten beherbergte, lag nur ein kleines Stück die Strandpromenade hinunter.

»Abtrünnige. Bah.« Plötzlich betrachtete Edie ihre Kommunisten mit elitärem Blick.

»Zeig den Abtrünnigen ruhig die kalte Schulter«, sagte ich. »Laß uns die Strandpromenade entlanggehen und einen Hot dog kaufen.«

Wir warfen die Zuckerwatte in einen Abfalleimer, betraten den alten, hölzernen Plankenweg der Strandpromenade, ausgetreten und voller Risse, und ließen Coney Island hinter uns.

»Weißt du«, Edie ging im Gleichschritt neben mir, »ich bin mir nicht mal sicher, daß Wladimir überhaupt ein Russe ist. Er hat mir tatsächlich gesagt, meine Gefühle für ihn seien nicht ›gesund‹. Das klingt doch wie amerikanische Propaganda. ›Gesund‹«, schnaubte sie und zündete sich eine Zigarette an.

»Vielleicht hat er nicht ›gesund‹ wie ›Sojasprossen‹ gemeint. Vielleicht meinte er sicher.«

Sicher war ja noch schlimmer als gesund. »Was für ein Feigling, wenn er Sicherheit höher bewertet als Leidenschaft. Er ist ein Konsul auf der untersten Ebene, Monarose. Und mehr wird aus ihm auch nicht werden. Ihm fehlt das russische Temperament. Kein Vergleich zu Boris. Du kannst darauf wetten, daß Boris nie auf Nummer Sicher geht.« Schon wieder schwebte Edie mehrere Handbreit über dem Boden. »Boris ist ein Träumer. Er ist es, den ich wirklich will. Der einzige, der für mich bestimmt ist. Boris ist ein hohes Tier im KGB.«

»Hat er dir gesagt, daß er im KGB ist?«

»Nicht direkt. Er hat mir gesagt, er sei ein Übersetzer, dessen einziger Wunsch der Weltfrieden ist. Das muß der KGB sein.«

»Was hat er dir sonst noch so erzählt?« fragte ich.

»Daß im Politbüro lauter nette Leute sind wie George Bush.«

Boris war ein schlaues Kerlchen. Als Edie ihm erklärte, was für ein nettes Paar sie beide abgeben würden, sagte Boris: »Ach, Edette, was willst du mit siebzig Jahre altem Bolschewik?« Zunächst einmal war er keinen Tag älter als zweiundsechzig. Und er wußte genau, was Edie wollte. Boris war ein geborener Diplomat, der einen niemals mit langweiligen Entschuldigungen verärgerte. Statt dessen sagte er: »Edette, du wirst noch den dritten Weltkrieg auslösen.« Diese Gleichstellung mit der Helena Trojas war so schmeichelhaft, daß jeder Anklang einer Ablehnung dahinter verschwand. Die Parkbank vor »Hirshs Hot-dog-und-Knisch-Stand« war leer, also setzten wir uns. Die Sonne schien uns warm ins Gesicht. Eine Gruppe von Mädchen ging an uns vorbei. Sie waren, plus minus ein Jahr, genau in unserem Alter, trugen frühlingshafte Pastelltöne und sahen aus wie eine Schachtel voll Duftkissen. Edie und ich trugen nie solche Farben und zogen auch nie schwarmweise durch die Gegend. »Ist es nicht ein Ding, daß wir uns gefunden haben?« fragte ich.

Edie sagte, andernfalls wäre es auch sehr traurig, und ob ich nicht einen Hot dog wollte? Sie stand auf und bot an: »Ich will meiner Monarose einen Hot dog kaufen.«

Doch sofort machte sie auf dem Absatz kehrt und kam mit leeren Händen zurück. »Komisch, ich habe nicht einen Rubel dabei«, sagte sie. »Gib mir ’n bißchen Kleingeld, damit ich meiner Monarose einen Hot dog kaufen kann.«

3. Hokuspokus

Eine Zigeunerin winkte uns durchs Schaufenster in den Laden, und Edie wollte unbedingt hineingehen.

»Die lockt jeden«, sagte ich. »Das ist ihr Job.«

»Es kostet nur drei Dollar, Monarose. Für drei Dollar können wir uns leisten, herauszufinden, was sie uns zu sagen hat«, hielt Edie dagegen.

Wir setzten uns auf die verschossene Blumenmustercouch der Zigeunerin und zahlten im voraus. Sie steckte sich das Geld in den Ausschnitt und las mir aus der Hand.

»Du wirst bald heiraten«, erzählte sie mir. »Einen sehr netten Mann. Du wirst von hier weggehen und zwei ... nein, drei Kinder bekommen. Eines von ihnen wird im Babyalter sterben.« Die Zigeunerin wischte sich eine Träne aus dem Augenwinkel.

Diese Zigeunerin war nicht auf dem neuesten Stand. *Das* war mein altes Schicksal – heiraten, in einem netten, großen Haus wohnen, Kinder bekommen, traurig werden, wissen, daß etwas fehlt, aber niemals den Finger auf die Wunde legen können, und dann das große Bedauern. Das war das Schicksal, das ich gehabt hätte, wären Edie und ich nicht Freundinnen geworden. Aber all das war ja nun abgewendet. Auf keinen Fall würden wir unsere Nachmittage damit verbringen, Kleinkinder im Buggy durchs Einkaufszentrum zu schieben.

Wir, Edie und ich, waren zu Außerordentlichem bestimmt.

Der Zigeunerin zufolge würde auch Edie heiraten und drei Kinder bekommen. Ihre Kinder würden alle am Leben bleiben. »Die Frage ist nur, *wen* ich heiraten werde.« Edie wollte Namen und exakte Termine. Diese Information kostete fünf Dollar extra. Die hatten wir nicht.

Wieder draußen auf der Straße, sagte Edie: »Drei Kinder? Nie im Leben würde ich drei Kinder haben. Und hast du gemerkt, wie sie dicht gemacht hat, als ich nach Details fragte? Ich glaube nicht, daß sie Bescheid wußte. Was meinst du?«

»Dagegen bin ja *ich* ein besseres Medium«, erklärte ich, womit ich sagen wollte, daß *sie* überhaupt keines war, aber Edie interpretierte es anders. »Selbstverständlich bist du das«, meinte sie nachdrücklich.

Abgesehen davon, daß ich die Blütenblätter von Gänseblümchen abzupfte, um festzustellen, ob jemand mich liebte, und der Tatsache, daß ich darauf achtete, wenn der Freitag auf einen Dreizehnten fiel, hielt ich nicht viel von diesem ganzen Hokuspokus. Aber Edie ließ mir keine Wahl. Um mir dabei zu helfen, den Klatsch von morgen schon heute zu verbreiten, kaufte sie mir einen Satz Tarotkarten und eine Kristallkugel. Ich gewöhnte mich daran, leuchtendbunte Schals zu tragen, baumelnde Ohrringe und einen Turban, und perfektionierte mein Talent, vorherzusagen, was Edie hören wollte.

Vielleicht beschäftigt man sich mit dem Mystizismus einfach dann, wenn man zuviel Zeit hat, doch solange wir damit herumspielten, wollte ich dem sechsten Sinn zumindest einen Hauch von Authentizität mitgeben. Damit ich mit dem Jargon um mich werfen konnte und den einen oder anderen praktischen Wissensbrocken griffbereit hatte, kaufte ich mir einige Bücher zum Thema Wahrsagerei.

Meine Tarotkarten, so erfuhr ich, waren für Neulinge gedacht. »Wenn wir Details erfahren wollen«, erzählte ich Edie, »muß ich mir einen anderen Kartensatz besorgen.«

»Weisers Okkultismusbuchladen«, in dem es eine ernstzunehmende mystische Ausstattung zu kaufen gab, war für ein Mädchen wie Edie nicht der richtige Ort. Als sie fragte: »Worauf warten wir denn dann? Laß uns neue Karten für dich besorgen«, warnte ich sie daher: »Selbst wenn ohne böse Absicht Böses geschieht, wird das Böse dreifach zurückgezahlt.« Das ist eine Faustregel in der Hexerei, doch unabhängig von der weltanschaulichen Zugehörigkeit eigentlich für jeden beherzigenswert.

»*Sie* erwählen einen. Man wählt sie nicht selbst«, erklärte die Hohepriesterin hinter der Ladentheke die Methode der Auswahl eines Satzes Tarotkarten. Sie war schwer mit Amuletten behängt, roch heftig nach Hexensalbe und trug ein Pentagramm aufs Kinn tätowiert. Die Hohepriesterin war verrückt. Aber sie war eine Verrückte, die was von ihrem Geschäft verstand. »Wenn ihr die Hände über die Karten führt, werdet ihr bei einem Satz ein elektrisierendes Gefühl spüren. Das sind eure Karten.«

Dieses Ritual gab Edie die Gelegenheit, sich ein bißchen umzusehen. Wie ich es vorhergesehen hatte, stürzte sie sich auf exakt die Stelle, von der sie sich hätte fernhalten sollen. Ich erwischte sie, als sie gerade dabei war, sich ein Buch mit schwarzem Einband und ohne Titel zu schnappen. Ich gab ihr einen Klaps auf das Handgelenk. »Stell das zurück.«

Edie hielt mit ausgestrecktem Arm mitten in der Bewegung inne. »Was ist los?«

»Diese Bücher bedeuten Ärger«, sagte ich.

»Was denn für Ärger? Wie soll ich wissen, was ich vermeiden muß, wenn ich nicht zuerst einmal weiß, wovon es handelt?«

»Es gibt Situationen«, erklärte ich, »bei denen man am besten unwissend bleibt. Und dies ist so eine.«

»Unsinn.« Edie würde sich nie dafür entscheiden, unwissend zu bleiben.

»Manche Dinge gehen über unseren Horizont«, sagte ich. »Schau dir die Leute hier mal genau an, Edie.« Sie drehte sich um und betrachtete prüfend die Männer mit geschorenem Kopf im Schlafanzug, eine Frau mit handlangen, onyxfarbenen schillernden Fingernägeln, ein Mädchen mit Samtumhang und einer Boa constrictor um den Hals. »Das ist Halloween«, sagte ich. »Nur daß jetzt die falsche Jahreszeit dafür ist. All das geht über unseren Horizont. Und ehrlich gesagt, ist es mir auch lieber, wenn es so bleibt.«

Ich nutzte Edies Reiselust aus und lenkte sie zur Abteilung über Astralprojektion. »Hier. Beschäftige dich mit einer kostenlosen Flugmethode.«

Mehr als einmal zogen die »Alister-Crowley«-Tarotkarten mich zu sich. Die Hohepriesterin bemerkte es mit Respekt. Über diese Karten, über diesen Mann, zirkulierten Gerüchte, wilde Spekulationen über seine Macht machten die Runde. Ich verbuchte das allerdings unter dummem Aberglauben, zahlte für meine Karten und wollte Edie dort abholen, wo ich sie zurückgelassen hatte. Doch Edie war verschwunden. Die Behauptung, sie könne sich ja nicht in Luft aufgelöst haben, wäre bei »Barnes & Noble« vielleicht angebracht gewesen, doch wir befanden uns in »Weisers Okkultismusbuchladen«.

Ich fand sie draußen auf der Ladentreppe in ein Buch vertieft. Sie hielt das Buch hoch, damit ich das Umschlagbild sehen konnte, einen schlafenden Mann, über dem eine Gestalt des gleichen Mannes schwebte. »Einfach unglaublich, Monarose. Man kommt überall hin. Zunächst fängt man mit kleinen Reisen an. Zum Beispiel nach Trenton. Wenn man dann aber erst mal gut darin ist, kann man durch die Welt hüpfen, als wären die Ozeane Gartenzäune. Als erstes will ich den Kreml besuchen.« Edie setzte ihre traurige Miene auf. Vor einigen Wochen war Boris nach Moskau zurückbeordert worden. Er küßte Edie zum Abschied und sagte: »Meine Arbeit hier ist beendet.«

»Nein, gar nicht«, widersprach sie. »Noch haben wir keinen Weltfrieden, Boris. Ich sehe jedenfalls keinen. Siehst du etwa Weltfrieden?«

»Den Weltfrieden wird es niemals geben«, antwortete Boris, dieser schlaue Fuchs. »Nicht, solange es Frauen wie dich gibt. Das verstehe ich jetzt. Mein Land versteht das jetzt.«

Nicht mal Edie konnte sich über eine solche Abfuhr aufregen. Die Lügen waren anziehender als der Mann, und so hielt Edie Boris noch immer in Ehren, wenngleich er in der Erinnerung schon ziemlich verblaßte. »Du ahnst nicht, wie entzückt er sein wird, mich im Kreml zu sehen!« Edie steckte das Buch über Astralprojektion in eine rote Plastiktüte. Ich bemerkte, daß es nicht ihre einzige Beute war. »Was hast du sonst noch gekauft?« fragte ich.

»Noch mehr davon«, berichtete sie. »Ich wünschte, ich hätte früher davon erfahren. Wenn ich an all das Geld denke, das ich für Flüge ausgegeben habe, kommt mir die Galle hoch.«

Ich stand an der Ecke 47th Street und 6th Avenue, auf dem Weg zu einem neuen Job. Ich hatte es nicht eilig, dorthin zu kommen, zum Aktensortieren und Kaffeekochen, da stieß ich auf einen Typen, den ich vom College her kannte. Er war ziemlich bescheuert. Edie verachtete ihn. Im Unterricht hatte er ständig seine Ansichten herausposaunt, als müßten wir anderen ganz wild darauf sein, sie zu hören. Alle seine Beiträge endeten mit einem Bezug auf Plato. Plato mußte wohl sein Held sein. Ich hatte nicht erwartet, daß dieser Typ sich freuen würde, mich zu sehen. Aber er geriet ganz außer sich vor Begeisterung. Während er sich mit seinem Diplomatenköfferchen rhythmisch gegen die Knie schlug, erzählte er mir, er sei ins Bankwesen gegangen und komme gerade von Liechtenstein zurück. »Rate mal, wen ich dort getroffen habe«, sagte er.

»Plato«, nahm ich an.

»Nein. Ich bin diesem Freund von euch begegnet.«

Ich kannte niemanden in Liechtenstein. Ich war mir nicht einmal sicher, wo Liechtenstein lag. »Welchem Freund?«

»Dieser Typ, mit dem ihr rumgehangen seid. Du und dieses schreckliche Mädchen.«

»Ich weiß immer noch nicht, wen du meinst. Beschreib ihn.«

»Also, er sieht aus wie dieser Schauspieler, wie Peter Finch.«

»George. George ist in Liechtenstein? Was macht er denn da?«

»Ich weiß es nicht«, antwortete der doofe Typ. »Er wollte es mir nicht sagen. Er tat sehr geheimnisvoll.«

Ich hatte es eilig, zum nächsten Telefon zu kommen, und verabschiedete mich, tschüs, war nett, dich mal wieder zu sehen. Dann durchwühlte ich meinen Geldbeutel nach Kleingeld, rief Edie an und weckte sie. »Erinnerst du dich an diesen doofen Typ im College, der so auf Plato stand?« fragte ich. »Ich bin ihm gerade eben über den Weg gelaufen.«

»Du rufst um neun Uhr morgens an, um mir das zu sagen?«

»Nein. Ich rufe an, um dir zu sagen, daß er in Liechtenstein war, und rate mal, wer ihm da über den Weg gelaufen ist.«

»Wo ist Liechtenstein?« fragte Edie.

»Keine Ahnung«, antwortete ich, »aber George weiß es.«

Durch den Hörer spürte ich, wie ihr Nackenhaar sich sträubte. »George?« fragte sie. »Mein George? Na, also das erklärt alles.« Edie erzählte mir, sie schlafe in letzter Zeit schlecht. Wache scheinbar grundlos auf, weil sie etwas spüre. »Eine Erscheinung«, sagte sie.

»So was wie einen Geist?«

»Das habe ich auch gedacht. Aber es ist kein Geist. Es ist George. Er kommt per Astralprojektion hierher, um mich zu quälen. Er muß sich mit diesem mystischen Zeugs auskennen. Bestimmt auch früher schon. Ich hätte ihn auf beide Ohren schlagen sollen.«

Es war mir nicht gegeben, daran zu glauben, daß George Edie nachts heimsuchte. Meine Zweifel kleidete ich in die Frage: »Glaubst du wirklich, er würde von Liechtenstein hierher kommen, nur um dich zu ärgern?«

»Garantiert. Ohne jeden Zweifel.« Edie war sich sicher. »Und was soll ich jetzt tun? Soll ich ihn suchen und verlangen, daß er aufhört und mich nachts durchschlafen läßt?«

»Wo willst du denn anfangen zu suchen? Du weißt ja nicht mal, wo Liechtenstein liegt.«

Edie gab zwar zu, daß ich da recht hatte, doch war Liechtenstein schließlich nicht unauffindbar. »Wir müssen einen Plan ausarbeiten«, sagte Edie. »Wir treffen uns in einer Stunde bei dir.«

Ich schaute auf die Uhr. »Ich bin auf dem Weg zu einem neuen Job«, erklärte ich. »Und bin schon spät dran.«

»Wenn du jetzt schon zu spät bist, werden sie dich sowieso feuern. Das Vergnügen solltest du ihnen nicht gönnen. Bis in einer Stunde.«

Edie kam mit einem Buch in der Hand herein, schwarzer Einband, kein Titel. »Die Antwort ist irgendwo da drin«, sie legte das Buch auf meinen Schreibtisch, »aber ich bekomme keinen Sinn in dieses Zeugs. Du bist klüger als ich, Monarose. Du wirst dieses Buch enträtseln und mir helfen, George zurückzugewinnen, nicht wahr?«

»Seit wann interessierst du dich wieder für George?« fragte ich.

»Na ja, vielleicht tue ich das ja gar nicht. Aber hier muß es tausend Tricks und Kniffe für uns geben. Wir müssen ein paar neue Tricks lernen«, sagte Edie, »oder wir riskieren, daß wir jeden Pep verlieren. Du willst doch nicht, daß wir unseren Pep verlieren, oder? Stell dir vor, wir hätten keinen Pep mehr, wie ausgetrocknete Toastscheiben. Wäre das nicht schrecklich? Das dürfen wir nicht zulassen.«

Ein guter Teil des schwarzen Buches beschäftigte sich mit Totenbeschwörung, keine Fähigkeit, die wir uns unbedingt aneignen wollten. Das Buch bot uns auch einen Schlüssel zu ewiger Heiterkeit. Dazu verdrehte Edie nur die Augen. »Wie steht es mit Liebestränken?« fragte sie.

Mit dem ersten Liebestrank sollte man den Geliebten einer Rivalin entreißen. Den hätte ich für meinen zur Not akzeptablen verheirateten Mann gebrauchen können. Der hatte sich fast in die Hosen gemacht, als er dachte, seine Frau sei uns auf der Spur. Ich las den Liebeszauber durch, der eine Landstraße und mit Honig vermischtes Menstruationsblut erforderte. Kam nicht in Frage. Den Aufwand war er nicht wert. Als er mir erzählte, seine Frau habe Verdacht geschöpft, und sagte: »Wir müssen uns etwas anderes ausdenken. Ich weiß nicht, ob wir uns in nächster Zeit regelmäßig treffen können«, stellte ich fest, daß mir das nicht nur nichts ausmachte, sondern daß ich es eher eilig hatte, ihn loszuwerden. »Ich denke, wir sollten es gut sein lassen«, sagte ich und quetschte mir immerhin eine Träne ab, weil ich annahm, es werde von mir erwartet.

Die meisten Liebeszauber im schwarzen Buch waren Gebräue, für die man inzwischen ausgestorbene Pflanzen benötigte, und es wurde vorausgesetzt, daß man Fledermauskrallen im örtlichen Feinkostgeschäft kaufen konnte. Die erforderlichen Kräuter waren nicht Estragon oder Petersilie, und leider waren Nachtschatten und Tollkirsche im Gewürzregal nicht vorrätig.

»Wie schade, daß wir nicht in einer früheren Zeit gelebt haben«, sagte Edie. »Die Jungs wären uns wie Dominosteine zu Füßen gefallen.«

»In einer früheren Zeit«, bemerkte ich, »hätte man uns, wenn uns die Jungs wie Dominosteine zu Füßen gefallen wären, zum Tode verurteilt. Auf dem Scheiterhaufen verbrannt.«

»Damit könnte ich leben«, meinte Edie.

Ich wandte mich einem kurzen Kapitel am Ende des Buches zu. »Vielleicht ist es das«, sagte ich. »Mesmerismus.« Mesmerismus war nicht das übliche Gebräu in einem Kessel. Er erforderte keine Haarsträhnen oder Giftpilze. Niemand mußte in einem Mohnfeld stehen und Zehennagelschnipsel essen. Zwar mangelte es der Hypnose ein wenig an schillerndem Glanz, dennoch gefiel mir die Sache. Man mußte den anderen nur anstarren, ein unverwandter Blick, leicht hypnotisierend. Indem man dem Geliebten tief in die Augen blickt, übermittelt man Gehirnwellen mit den dazugehörigen Botschaften. Botschaften über Liebe, daß er alles für einen tun wird, Qualen erdulden, sich verschulden, dir zu Ehren Sonette schreiben, wie eine Hyäne kreischen, alles, weil er dich will. Und kaum hast du das erstemal geblinzelt, gehört er schon dir. Mit Haut und Haar.

Edie war völlig versessen darauf, einen Jungen in Trance zu versetzen, ihn zu betäuben und abzuschleppen wie eine Spinne die Fliege oder Frankenstein Elsa Lanchester.

Was wir brauchten, war ein Versuchskaninchen. Jemand Neues. Jemand, mit dem wir noch nichts zu tun gehabt hatten. Alle Jungs, die wir kannten, hatten sehr entschiedene Meinungen über uns, die sich vermutlich nicht ändern ließen.

»Dann müssen wir eben auf die Jagd gehen«, sagte Edie.

Ich hatte eine Einladung zu einer Cocktailparty zugunsten eines Heimatmuseums, das nicht in meinem Viertel lag. Ich hatte keine Ahnung, wieso man mich eingeladen hatte. »Ich hatte nicht vor zu gehen, aber unter diesen Umständen ... «, sagte ich. »Es wird jungfräuliches Gebiet sein. Du kannst mich begleiten.«

Edie rieb sich die Hände, als wolle sie sich schon jetzt über ihre Beute hermachen. »Irgendein armer Junge wird mich mehr lieben als ich ihn. Erfrischend.«

Am Tag der Party übten Edie und ich, Dinge ins Auge zu fassen, ohne wegzuschauen oder zu blinzeln. »Die Lampe ist in mich verliebt«, erklärte Edie. »Und der Fernseher auch.«

Ich hatte das Gefühl, Hypnose würde noch stärker wirken, wenn wir ziemlich aufsehenerregend aussahen. »Was sollten wir deiner Meinung nach anziehen?« fragte ich.

Edie war sich nicht sicher, also holte ich ›Emily Posts

Etiquette‹ hervor, die Ausgabe von 1934. Ich hielt gutes Benehmen für zeitlos.

Emily Post machte recht detaillierte Angaben zur passenden Aufmachung für Cocktailpartys, aber ich besaß keine ellbogenlangen Handschuhe oder volantbesetzten Midikleider wie für Barbiepuppen.

Edie blickte über meine Schulter ins Buch und sagte: »Hier steht, eine Pelzstola ist angemessen. Ich habe eine Pelzstola.« Edies Pelzstola war eines dieser Dinger, an denen noch Kopf und Pfoten baumeln. Sie hatte sie aus einer Mülltonne gerettet, chemisch reinigen lassen und Fluffy getauft.

Ich fand den Abschnitt, den wir brauchten. »Verlassen Sie sich im Zweifelsfall auf etwas Klassisches.«

»Klassisch«, sagte Edie, »wie klassisch Schwarz. Du hast Unmengen schwarzer Kleider.« Sie ging zu meinem Kleiderschrank und holte ein paar heraus. Während sie eines nach dem anderen hochhielt, fragte sie: »Hat Emily Post den Nobelpreis bekommen?«

Edie entschied sich für ein schwarzes Crêpe-de-Chine-Kleid mit geschnürtem Rücken. Ich wählte ein Schätzchen mit schwarzen Perlen, das drei Fingerbreit über dem Knie endete.

»Du siehst sensationell aus«, sagte Edie. »Solche Perlen kann nicht jede tragen.« Sie legte sich Fluffy um den Hals.

»Edie, dieses Ding ist hinüber«, sagte ich. »Es hat keine Augen mehr.«

»Ich weiß.« Edie streichelte das schüttere Fell des Kopfs. »Aber Fluffy braucht mich. Jemand hat ihn in den Müll geworfen, Monarose. Das war eine schreckliche Prüfung für Fluffy.«

Wir standen vor dem Spiegel und diskutierten den Schmuck. »Oder sollten wir gar keinen anlegen? Diese Kleider sind ziemlich auffällig.«

»Diamanten«, entschied Edie. »Berge von Diamanten.«

»Ob Straß es auch tut?« Ich besaß keine Diamanten.

»Straß«, sagte Edie, »ist sogar noch besser. Es geht doch nichts über eine Fälschung.«

Wir klipsten uns baumelnde Ohrringe an. Straßketten umglitzerten unseren Hals. Edie legte dazu noch Unmengen Armreifen an. Blendend brach das Licht sich im Spiegel und schoß zu uns zurück. »Sind wir nicht bezaubernd?« fragte Edie.

Wir hätten Tweed tragen sollen. Die anderen kamen direkt aus dem Büro im Nadelstreifenanzug mit Karriere-Krawatte und Schuhen mit Flügelkappe. Das galt auch für die Frauen. Ich beugte mich zu Edie hinüber und flüsterte: »Falls jemand fragt, wir sind die Überraschung, die aus dem Kuchen springen soll.«

»Was meinst du damit, Monarose?«

»Ich meine damit, daß wir overdressed sind.«

»Pffft. Overdressed gibt es nicht«, erklärte mir Edie. »Man kann nur versuchen, aus der Masse hervorzustechen. Jetzt laß uns einen Typen suchen, den wir behexen können.«

Während ich auf der Toilette an meinem Haar herumfummelte, gabelte Edie Sam beim Büfett auf. Sie kam zu mir. »Laß das Rumgefingere und komm mit. Ich hab' einen gefunden, der in Frage kommt. Er sieht ganz nett aus, aber vielleicht ist er dir nicht aufgefallen, weil er ein Schwächling ist.« Edie war klar, daß es sich um einen Schwächling handelte, weil er nuschelte.

Ich folgte Edie zum Büfett. »Sam«, stellte sie uns einander vor, »das ist Monarose. Nuschle bitte nicht, wenn du mit ihr sprichst, sonst hält sie dich für einen Schwächling.« Sam begrüßte mich, als hätte er einen Kräcker im Mund.

»Siehst du«, sagte Edie, als stünde er gar nicht da. »Ich hab's dir gesagt. Er nuschelt.«

Ich naschte eine Erdbeere. Edie sagte zu Sam, er solle dableiben. »Wir sind gleich zurück«, erklärte sie. »Monarose und ich müssen etwas besprechen.«

Edie zog mich ein paar Schritte weiter. »Was meinst du?« fragte sie. »Ist er nicht perfekt? Schau ihn dir an. Ich habe ihm gesagt, er soll nicht weggehen, und er wagt nicht einmal zu atmen. Perfekt, sage ich dir. Wie maßgeschneidert für uns.«

Vielleicht war er das perfekte Objekt, doch für Experimente mit Hypnose war eine Party nicht der geeignete Ort. Zuviel Ablenkung, und die Beleuchtung war viel zu hell. Wir brauchten eine andere Umgebung.

»Wir verzieh'n uns«, erklärte Edie Sam. »Diese Party ist ja öde. Kommst du mit?«

Sam war mit einer Frau da. »Sie ist irgendwo hier.« Er schaute zu Boden.

»Na, jetzt bist du eben mit zwei Frauen verabredet. Du wirst uns doch wohl keinen Korb geben«, provozierte Edie ihn.

Zu dritt gingen wir die Third Avenue entlang, bis wir zum »Moonbeam-Café« kamen. Es war beinahe leer, und auf den Tischen brannten Kerzen. Eine Flamme war für unsere Zwecke mindestens genauso geeignet wie eine pendelnde Taschenuhr.

Edie und ich setzten uns Sam gegenüber. Er bestellte einen Cappuccino. Der hinterließ einen unattraktiven Milchschaumstreifen auf seiner Oberlippe. Ihm in die Augen zu starren war eine ganz schöne Plackerei.

»Na, ihr beiden Mädchen«, fragte er. »Und womit verdient ihr euer Brot?«

»Gar nicht«, sagte ich, und Edie erklärte ihm, wir seien keine Mädchen. »Wir sind jetzt Frauen. Glaube ich zumindest. Letzte Woche waren wir ganz bestimmt noch Mädchen, aber seitdem haben wir ein paar neue Tricks auf Lager.«

Irgendwie verstand Sam das falsch und dachte, wir seien in einer Selbsterfahrungsgruppe gewesen oder bei irgend so einem Quatsch. Er legte los, wie wichtig es sei, ein neues Selbstbewußtsein zu beschwören, und Edie wollte wissen, ob das so etwas wie Totenbeschwörung sei.

Sam wurde langsam nervös. »Ich arbeite mit Computern. Ich entwerfe Programme.«

»Es ist uns eigentlich ziemlich egal, was du tust«, sagte Edie, und deshalb fragte Sam, wo wir wohnten. Die nächste Frage auf seiner Liste, die vermutlich schon uralt und nie überarbeitet worden war, lautete, ob Edie und ich in festen Händen seien.

»Sprich lauter«, sagte Edie. »Es ist so anstrengend, dir zuzuhören.«

»Ich wollte gerade fragen«, Sam hob die Stimme, »ob ihr beide einen festen Freund habt.«

Edie warf genervt die Hände in die Luft. »Das funktioniert nicht, Monarose. Er hat keine Ahnung, worauf es ankommt.«

»Ich weiß«, stimmte ich ihr zu und bat die Kellnerin um die Rechnung. Sam zog seine Brieftasche hervor und fragte: »Darf ich euch zum Essen einladen?«

»Nicht heute abend«, sagte Edie. »Aber ruf uns an.« Sie schrieb ihre und meine Telefonnummer auf ein Streichholzheftchen. Sam steckte es in die Hosentasche. Wir verabschiedeten ihn und setzten uns wieder hin.

»Er hat überhaupt kein Rückgrat«, sinnierte Edie. »Ein Prachtexemplar! Er tut, was man ihm sagt, dabei haben wir ihn noch nicht mal hypnotisiert. Stell dir das Resultat vor, wenn er erst einmal unter unserem Bann steht. Unser Leibsklave, Monarose.«

Edie wollte, daß ich zuerst mit ihm ausging. In der Nacht darauf würde sie den Vier-Punkte-Plan umsetzen: »Hypnotisieren, Verführen, Vernaschen und Fallenlassen«, sagte sie.

»Wieviel Verführung hast du im Sinn?« fragte ich.

»Seit wann ist Verführung quantitativ? Verführ ihn. Tu's mit ihm.«

Ich hatte nicht die geringste Lust, Sam zu verführen. »Er läßt mich kalt«, sagte ich.

»Das liegt daran, daß du kalt bist. Du hast einen Eiswürfel als Herz.«

»Ich bin nicht kalt«, grinste ich. »Aber bei Sam hat es nun mal nicht gefunkt.«

»Das liegt daran, daß dort einfach keine Funken sind, die überspringen könnten. Sam würde nicht mal einen Funken überspringen lassen, wenn er den Finger in die Steckdose hielte. Trotzdem müssen wir mit ihm schlafen, Monarose. Um der Wissenschaft willen. Um der Kunst willen. Außerdem liegt etwas Reines darin, wenn wir mit dem gleichen Typen Sex haben. Meinst du nicht auch, daß etwas Reines darin liegt?«

Vielleicht hätte etwas Reines darin gelegen, wenn wir Sam gemocht hätten, aber so hatte der Gedanke, sich Sam zu teilen, nicht mal die Bedeutung, die es hatte, wenn wir Zigaretten miteinander teilten.

Ein boshaftes Lächeln breitete sich über Edies Gesicht aus. »Ich habe eine brillante Idee«, verkündete sie. »Laß uns den Abend absolut identisch planen. Wir gehen mit ihm ins gleiche Restaurant. Bestellen das gleiche Essen. Führen die gleiche Unterhaltung. Du mußt dir jedes einzelne Wort merken, das du sagst, damit ich es wiederholen kann.« Außerdem war Edie der Meinung, wir sollten Unterwäsche von gleicher Farbe und gleichem Stil tragen. »Wir sollten einen roten BH und rote Slips tragen, schwarze Strumpfbänder und schwarze Strümpfe.«

»Warum sollen wir all das tun? Das ist eine Menge Aufwand für einen Typen, der ohne Anstrengung zu kriegen wäre.« In dem schwarzen Buch waren Déjá-vu-Effekte nicht erwähnt.

»Weil er«, erklärte Edie, »wenn es vorbei ist, etwas zum Nachdenken haben wird. Er soll wissen, daß er das Spielzeug einer höheren Macht war.«

Wenn wir nur um der Spielerei willen an ihm herumpfuschten, mochte man das als moralisch verwerflich betrachten. »Das könnte etwas ziemlich Böses sein«, sagte ich, »und was, wenn dadurch noch mehr Böses entsteht?«

»Was denn Böses?« Edie ließ das Wort absurd klingen. »Aber Monarose, wir tun ihm doch etwas Gutes.«

»Wenn du meinst, Edie.« Ich würde also bei ihrem Plan mitmachen, weil es etwas war, das mir selbst nie eingefallen wäre, etwas, das ich ohne Edies Vorschlag nie getan hätte. Daher würde es, wenn schon sonst nichts Gutes dabei herauskäme, zumindest etwas Denkwürdiges sein.

Ich trank mein Glas leer, während ich in Sams Augen starrte. Ich bestellte ein neues, ohne den Blick abzuwenden. Unsere Vorspeise kam, und ohne ein einziges Blinzeln aß ich meine Artischocke. Wie ein Endlosband ließ ich das Lied in meinem Kopf ablaufen: *Du wirst dich wahnsinnig in mich verlieben. Hoffnungslos in mich verlieben. Du wirst dich nach mir sehnen. Nicht mehr essen können. Anfangen, Gedichte zu schreiben. Schlechte Gedichte. Du wirst mir Geschenke kaufen. Teure Geschenke. Du wirst dich wahnsinnig in mich verlieben. Hoffnungslos...* In regelmäßigen Abständen wurde dieser Gedankengang durch eine Kurznachricht unterbrochen: *Das darf doch wohl nicht wahr sein, daß ich mich von Edie da habe reinmanövrieren lassen.*

»Woran denkst du?« fragte Sam.

»Gerade dachte ich so bei mir«, ich leckte mir Butter von zwei meiner Finger, »wie sehr ich möchte, daß du mich liebst.«

Sam streckte die Hand über den Tisch und nahm meine Hände. Seine waren feucht. »Das ist wunderbar«, sagte er. »Schau, in letzter Zeit habe ich mich schrecklich deprimiert gefühlt. Bis jetzt. Jetzt fühle ich mich wie im Himmel.«

Ich haßte es, wenn ein Typ mir schon bei der ersten Verabredung Geständnisse machte.

»Jemanden wie dich habe ich noch nie getroffen«, murmelte Sam. »Deine Augen. Deine Augen sind ... «

»Hypnotisierend«, füllte ich die Lücke.

»Ja. Genau das meine ich. Hypnotisierend.«

»Laß uns gehen«, sagte ich.

»Aber wir haben doch noch gar nicht gegessen«, bemerkte Sam.

»Wir brauchen nicht zu essen«, erklärte ich.

Im Taxi beugte Sam sich zu mir herüber, um mich zu küssen.

»Laß das«, ich entzog mich. »Ich kann es nicht leiden, wenn man Gefühle öffentlich zur Schau stellt.« In Wirklichkeit liebte ich es, Gefühle öffentlich zur Schau zu stellen. Hätte ich Sam anziehend gefunden, hätte ich es auch in »Barneys« Schaufenster mit ihm getrieben. Aber ich fand ihn nun mal nicht anziehend, und Edie hatte auch nichts davon gesagt, daß ich ihn küssen muß. Mund auf Mund ist wesentlich intimer als Unterleib an Unterleib.

Um gewisse Dinge zu umgehen, zog ich das Kleid schon beim Eintreten in meine Wohnung aus und enthüllte die rotschwarze Unterwäsche. Sam legte den Arm um mich, und ich versteckte mein Gesicht an seiner Schulter. Soll er meinen Hals küssen, wenn es sein muß, aber das reicht dann auch.

»Ich glaube, ich bin in dich verliebt«, nuschelte er mir ins Haar.

»Gut«, sagte ich.

»Bist du in mich verliebt?« fragte er.

Ich machte mich von ihm frei. »Zieh dich aus«, sagte ich.

Sam tat, was man ihm sagte, aber er war ein bißchen langsam. »Beeil dich«, schnappte ich.

»Ja, aber ein Teil von mir möchte sich Zeit lassen mit dir.« Sam dachte irrtümlicherweise, ich wäre scharf, wild entflammt vor Begehren.

»Schlag dir das aus dem Kopf«, sagte ich. »Ich hab' nicht die ganze Nacht Zeit.« Da ich mich nicht schnell genug abwandte, sah ich den verletzten Ausdruck in seinem Gesicht.

Wieder tat Sam wie befohlen. Er kletterte auf mich drauf und vögelte wie wild. Dann gab er ein Geräusch von sich, eine Art Jaulen, und es war vorbei. Ich stieß ihn von mir herunter.

»Du bist wunderschön«, flüsterte er, als wären wir nicht allein.

»Geh jetzt, Sam.« Im Vergleich dazu schien meine Stimme zu dröhnen.

»Kann ich nicht die ganze Nacht bleiben? Ich möchte neben dir aufwachen. Ich möchte dich im Morgenlicht sehen.«

»Im Morgenlicht sehe ich gräßlich aus. Geh jetzt besser nach Hause.«

»Wann kann ich dich wiedersehen? Wir wär's mit morgen?«

»Morgen gehst du mit Edie aus«, erinnerte ich ihn.

»Das sage ich ab«, meinte er.

»O nein, kommt nicht in Frage.« Ich war eisern.

Sobald ich ihn die erste Treppe hinuntergehen hörte,

rief ich Edie an. »Bin ich froh, daß ich das hinter mir habe«, sagte ich.

»Ist er weg?« fragte sie.

»Natürlich ist er weg. Meinst du, ich würde den ganzen Mist vor dir ausbreiten, wenn er noch da wäre?«

»Weiß nicht«, sagte Edie. »Los, erzähl. Erzähl mir alles.«

»Eine richtig widerliche Erfahrung, Edie. Oder anders gesagt, es war einfach grauenhaft. Na ja, du wirst ja selbst sehen.«

»Hältst du das wirklich für nötig?« fragte Edie. »Jetzt, wo wir wissen, daß dieser Mesmerismus funktioniert, brauchen wir unser Experiment eigentlich nicht fortzusetzen. Laß uns direkt zu den interessanten Dingen übergehen. Ihn bei Typen anwenden, die wir auch wollen. Vergiß diese Sam-Geschichte.«

»Das ist ja sehr fair, Edie.« Ich war verschnupft. »Das ganze war deine Idee. Da solltest du die Sache auch zu Ende bringen.«

»Aber wozu denn?« fragte Edie. »Wirklich, wozu soll das gut sein?«

Ich weiß nicht, wozu es gut gewesen wäre, aber ich erinnerte sie daran, daß sie gesagt hatte, es läge etwas Reines darin, wenn wir uns denselben Typen teilten. »Erinnerst du dich, du sagtest, darin läge etwas Reines.«

»Vielleicht habe ich etwas in dieser Richtung gesagt«, gab sie zu. »Aber ich kann mich irren. Wir wollten nicht rein sein. Wir sollten Reinheit um jeden Preis vermeiden.«

Die Astralprojektion erwies sich nicht als eine so schnelle und einfache Transportmethode wie angepriesen. Edie mußte sich noch immer dem öffentlichen Nahverkehr anvertrauen, und so nahmen wir einen Stadtbus zu der billigen Kneipe, in die wir gerne gingen, wenn das Geld knapp war.

Wir saßen an einem Ecktisch neben der Jukebox, und Philip Estabrook holte noch einen Stuhl für sich. »Hallo, Mona«, sagte er. Philip war der Kumpel meines neuesten Beaus. Calvin und ich hatte uns öfters zu viert mit Philip und einem seiner aufstrebenden Starlets getroffen, die wie ein Rattenschwanz an ihm hingen. Philip bevorzugte die etwas einfältigen Miezen, die sich der Illusion hingaben, Philip könne wunder was für ihre Karriere bewirken. Er war Theaterregisseur, doch zweite Garde und absolut beschränkt auf East Village, also Off-Broadway. Und mit Achtunddreißig und Grau im Bart war auch nicht zu erwarten, daß je mehr aus ihm würde.

Calvin war Schauspieler und paßte gut zu mir. Er sah gut aus und wußte genügend Rollen zu spielen, daß ich mich nicht langweilte. Ich mochte ihn sehr, und als Edie fragte: »Wirst du Calvin wohl heiraten?« antwortete ich: »Was? So etwas Gutes verderben?« Calvin trank Bourbon aus einem Flachmann in seiner Jackentasche, und wir hatten Spaß beim Sex, probierten eine Menge aus, wobei wir manchmal auch Kostüme und andere Requisiten mit einbezogen. Calvin garantierte gute Unterhaltung.

»Wer ist denn nun deine Freundin?« Philip redete mit mir, schaute aber Edie an. Er reichte ihr die Hand. »Philip Estabrook«, sagte er. »Ich bin vom Theater.«

»Was bedeutet das?« fragte Edie. »Sind Sie Platzanweiser?«

»Regisseur.« Es sollte cool klingen, doch lag er im Ton haarscharf daneben. »Und ich schreibe ein bißchen.«

Ich mochte Philip immerhin genug, um ihm ein Bier zu spendieren, an dem er sich festhielt, bis er aufstand und ging. »Ich habe noch eine Verabredung«, sagte er.

Als er weg war, seufzte Edie: »Wie gut er roch. Nach Moschus. Oder nach Moder.«

Philip rief mich am nächsten Morgen an. »Ich mag deine Freundin«, sagte er.

»Ich mag sie auch«, erklärte ich ihm.

Philip wollte Edies Telefonnummer. Ich hatte nicht die Absicht, sie ihm zu geben. Sie war die Falsche für Philip Estabrook. »Sie hat was im Kopf«, erklärte ich ihm.

»Das habe ich gemerkt.« Er behauptete, das faszinierend zu finden.

»Sie ist auch sehr eigensinnig. Und reizbar«, wich ich aus.

»Komm schon, Mona. Ich will nur ihre Telefonnummer, nicht mehr. Ich werde ihr schon nichts tun. Ich will nur mit ihr ausgehen, das ist alles.« Philip irrte sich. Er dachte, ich sei um Edies Wohlergehen besorgt.

»Sag nicht, ich hätte dich nicht gewarnt.« Ich gab ihm, was er wollte. Direkt danach rief ich Edie an, sagte: »Sei nicht sauer«, und gestand, daß ich Philip ihre Telefonnummer gegeben hatte.

»Ich bin nicht sauer«, sagte sie. »Er hat doch gut gerochen. Riecht er immer so?«

Philip lud Edie ein, mit ihm essen zu gehen, aber das wollte sie nicht. »Ach«, sagte sie. »Du willst doch eigentlich gar nicht ausgehen, oder?« Als wäre *Ausgehen* etwas Schreckliches. »Ich koch' uns was«, bot sie an. »Bei dir zu Hause.«

Ich saß in Edies Küche, als sie über einem Kochbuch brütete. »Warum holt ihr nicht einfach was beim Chinesen, und damit hat sich's?« schlug ich vor.

Edie gab sich entsetzt und versuchte, mich zu überzeugen, daß sie in seiner Küche enormen Eindruck schinden würde. »Ich wollte nie etwas anderes sein als Hausfrau«, erklärte sie. »Ich werde eine wunderbare Hausfrau abgeben.«

Ich langte unter den Stuhl und holte einen Staubball von der Größe einer Honigmelone hervor. »Ja. Du wirst dich wirklich großartig machen. Und vergessen wir nicht dein Spezialdessert.«

»Wolkenpudding.« Sie strahlte.

Wolkenpudding war ein Alptraum, der direkt aus Oliver Twist stammen könnte. Schokoladenpudding aus der Dose mit künstlicher Schlagsahne verquirlt. Mit echter Schlagsahne entsteht keine Marmorierung. Dieses Dessert war wie ein Füllhorn, quoll schäumend in der Schale hoch und wurde immer mehr. »Edie«, sagte ich, »Mädchen, die wirklich Hausfrau werden wollen, würden sich nie mit so was abgeben.«

»Wirklich nicht?«

»Du hast einem Ehemann nichts zu bieten«, sagte ich. »Als Geliebte bist du großartig, aber wie man es auch dreht und wendet, du wärst eine miserable Ehefrau.«

»Ich kann es doch versuchen, oder?«

»Sicher, du kannst es versuchen.« Ich war überzeugt, daß sie keine Ahnung hatte, wo sie anfangen müßte.

Edies Verabredung mit Philip endete positiv. Sie zog in sein Haus ein. Nicht in seine Wohnung, aber in die direkt unter ihm.

Philip kam erst gar nicht dazu, Edies mangelnde Fähigkeiten im kulinarischen Bereich zu entdecken, denn statt zu essen, wälzten sie sich den ganzen Abend auf dem Boden herum. »Auf dem Boden im wahrsten Sinne des Wortes«, erzählte Edie. »Ich habe mich am Teppich an den unglaublichsten Stellen aufgescheuert. Als ich ihn darauf ansprach, daß die Leute unter ihm heute einiges zu hören bekämen, sagte er, die Wohnung unter ihm stehe leer.«

Die Miete war nur halb so hoch wie ihre bisherige. Die Wohnung hatte einen offenen Kamin, und die Badewanne stand in der Küche. »Baden in der Küche ist erotisch, findest du nicht auch? Also habe ich gleich heute morgen den Eigentümer angerufen. Jetzt wollte ich mich gerade auf den Weg machen, um den Mietvertrag zu unterschreiben.«

»Und daß Philip jetzt direkt über dir wohnt? Wird dir das gefallen?«

»Gefallen? Er ist nur ein Deckenklopfen entfernt. Ein gemeinsamer Abend, und schon leben wir praktisch zusammen. Das nenne ich Fortschritt.«

Edie beim Umzug zu helfen erforderte nicht einmal einen halben Tag. Sie besaß nichts als ein Bett, einen Schreibtisch, zwei Klappstühle und einen Küchentisch. Ihre Stereoanlage, Schreibmaschine, Bücher und Schallplatten wanderten in Kartons. Geschirr, Töpfe und Pfannen ließ sie zurück. In einen Kopfkissenbezug steckte sie die ägyptische Katze aus blauer Keramik, die ich ihr mal zum Geburtstag geschenkt hatte, einen 20 x 26 cm großen gerahmten Abzug vom Check Point Charlie, ihre Weltkarte und ihre Uhren. Edie hatte sieben oder acht Uhren, von denen keine die richtige Zeit anzeigte. Da sie nichts von der Sommerzeit hielt, gingen die Uhren ohnehin das halbe Jahr falsch. Diejenigen, die aufgezogen werden mußten, wurden es nie. Bei einer fehlte der große Zeiger. Eine andere war als Tribut an ihre alte Flamme Boris auf Moskauer Zeit eingestellt.

Als wir auf den Umzugswagen warteten, sagte Edie: »Du hast mir nicht erzählt, daß Philip verheiratet ist.«

»Verheiratet war«, verbesserte ich sie.

»Er ist noch immer verheiratet«, ließ Edie mich wissen. »Er hat sich nie scheiden lassen. Er lebt seit dreizehn Jahren von ihr getrennt. Seine Frau wohnt in Chicago. Sie bleiben verheiratet, weil er in ihrer Krankenversicherung mitversichert ist. So eine könnte ich auch abschließen. Wenn ich es mir in den Kopf setzte, könnte ich für mich und meinen Mann einen Vertrag bei einer Krankenversicherung bekommen, oder? Und wir könnten ein Loch in die Decke brechen und eine Treppe einziehen. Ich wollte schon immer gern in einer Maisonette wohnen.«

»Wie wäre es mit einer Kletterstange statt einer Treppe? Wie auf einer Feuerwache. Da könntet ihr dran hoch- und runterrutschen.«

Edie schnaubte und stampfte mit dem Fuß auf. »Es ist mir ernst. Es ist einfach perfekt. Du und Calvin und ich und Philip. Wir könnten wie die Feuersteins und die

Geröllheimers sein, beste Freunde, die zusammen kegeln gehen. Ich bin die perfekte Frau für ihn. Ich inspiriere ihn. Er kann Stücke über mich schreiben. Mir zur Unsterblichkeit verhelfen.«

Edie und ich erledigten den Umzug in einem Tempo, als wäre die Polizei hinter uns her. Meine eigene Wohnung, deren einziges Zimmer ich sieben turbulente Jahre lang vollgestopft hatte, erinnerte an einen brokatbezogenen Stuhl, aus dessen überdicker Polsterung das Füllmaterial herausquillt. »Für einen Umzug würde ich Monate brauchen«, überlegte ich laut.

»Aber nein, Monarose«, keuchte Edie. »Du darfst nicht mal an einen Umzug denken. Wirklich nicht. Wenigstens du mußt an Ort und Stelle bleiben. Deine Wohnung ist eine Konstante. Wir brauchen Stabilität.«

Von der Imbißtheke des Feinkostladens unten holten wir vier Tassen Kaffee und stellten sie auf Edies Tisch. »Dieser Umzug war doch eine gute Idee, oder?« fragte sie.

»Gewiß. Denk nur, was du an Miete sparen wirst.«

»Leg die Tarotkarten«, forderte Edie mich auf. »Laß uns herausfinden, ob die Karten diesen Umzug gutheißen.«

Dafür war es nun ein bißchen zu spät, aber ich zog meine Tarotkarten aus der Handtasche. Edie mischte. Ich hob ab und bildete von links nach rechts drei Stapel. Dann legte ich einundzwanzig Karten in sieben Reihen aus.

So, wie ich die Symbole von Pokalen und Stäben lesen konnte, konnte Edie in meinem Gesicht lesen. »Was ist los?« fragte sie. »Steht mein Tod bevor?«

»Nein, Edie.«

Die meisten Karten waren dieselben, die bei Edie immer kamen. Abenteuer. Reisen. Gier. Die Karte, die vor Jähzorn warnt. »Was bedeutet die da?« Edie legte den Finger auf eine Karte, die sie noch nie gesehen hatte. Es war der siebzehnte Trumpf, ein brennendes Schloß, um sich greifende Zerstörung.

Die Karte bedeutete Ärger. Daß schlimme Zeiten bevorstanden. Daß Dinge zusammenbrachen und in Rauch aufgingen. Wenn ich das Edie erzählte, war ihr der Tag verdorben. Und meiner auch. »Ach, die da. Die bedeutet, daß du gerade umgezogen bist. Du hast einen Ort hinter dir gelassen. Du bist an einen neuen Ort gegangen. Einen besseren Ort. Der alte Ort ist völlig kaputt.«

»Sagt die Karte sonst noch was? Irgend etwas über den Mann von oben? Klingt gut: ›Der Mann von oben‹. Oder etwa nicht?«

4. Schuld und Sühne

Philip Estabrook wirkte vielversprechend. Oft gingen wir zu viert aus, und so bekam ich zu sehen, wie Edie ihn zum Lachen brachte. »Du hast 'nen Knall«, sagte er dann immer. Er schleppte sie zu seinen Theatertreffen mit. Er kochte für sie. Er sorgte dafür, daß sie nicht hungrig war. Er gab ihr die Schlüssel zu seiner Wohnung, was Edie als Versprechen deutete und in dieselbe Kategorie steckte wie einen Verlobungsring.

Philip mochte Edie wirklich, obwohl sie überhaupt nicht dem entsprach, was er gewohnt war. Doch leider war Aufgeschlossenheit gegenüber Veränderungen nicht gerade seine Stärke. Er war an Mädchen gewöhnt, die wenig sagten und viel mit dem Hintern wackelten. Edies Provokationen brachten ihn durcheinander. »Du bist immer anderer Meinung. Nie stimmst du mit mir überein. Warum mußt du ständig dagegenhalten?« fragte er sie. »Und warum wirfst du mit Sachen? Und warum bittest du mich alle zwanzig Minuten, dich zu heiraten?« Philip forderte seine Schlüssel von Edie zurück und sagte: »Laß uns einfach Freunde sein.«

»Warum sollte ich mit dir befreundet sein wollen?« fragte Edie. »Das einzige, was ich je an dir mochte, war dein Geruch.«

»Du weißt, daß das nicht stimmt«, sagte Philip.

Als wäre es nicht schon Verbrechen genug, Edie fallenzulassen, besaß Philip auch noch die Frechheit, sich wieder in Umlauf zu bringen. Er verschwendete nicht einen Freitagabend und hatte eine Verabredung nach der anderen, verschlang Starlets wie ein Taucher, der hochkommt und nach Luft schnappt.

Edie beobachtete durch ihr Guckloch, wie diese Mädchenparade die Treppe hochging. »Diese kleinen Schauspielerinnen essen meine Garnelen in Knoblauchbutter und trinken mein Bier. Was soll ich davon halten?« Die Frage war nicht wirklich an mich gerichtet. Eher für sich gab sie die Antwort: »Ich will Genugtuung.«

Als Edie ein Kind war, spannte sie einmal den Kopf eines Jungen in einen Schraubstock. »Ich wollte ihm den Schädel knacken«, erzählte sie, »aber dann kam meine Großmutter in die Werkzeugkammer gestürzt, um nachzuschauen, was das laute Geschrei zu bedeuten hatte.«

Noch am selben Tag ging ihre Mutter mit ihr zu »Dairy Queen« und kaufte ihr einen Eisbecher mit Erdbeeren. Edie wurde nie bestraft, egal was sie anstellte, weil ihre Mutter sie für ihren Vater entschädigen mußte. Edies Vater heiratete häufig reiche Witwen und Kellnerinnen vom Schnellimbiß. Edie hatte eigentlich keine Entschädigung für einen solchen Vater nötig, war aber schlau genug, sich in den Umständen gemütlich einzurichten. »Schließlich«, sagte sie, »konnte niemand mich arme Kleine für irgendeinen Unfug bestrafen, wo ich so einen Schurken zum Vater hatte und so viele gemeine Stiefmütter. Es sind immer die Kinder, die am meisten leiden«, fügte Edie fröhlich hinzu.

Ich war neidisch auf ihr familiäres Schicksal. Meine Familie war so stabil, völlig unbeweglich. Verglichen mit Edie hatte ich eine langweilige Kindheit. Kein Wunder, daß ich nicht so auftrumpfen konnte wie sie. Meine Eltern *sprachen* nicht einmal über Scheidung.

Natürlich ist der Wunsch nach Rache berechtigt, und Philip hatte sie verdient, doch hielt ich es für klüger, die Drecksarbeit den Umständen zu überlassen. Am Ende bekommt jeder, was er verdient.

»Das könnte Wochen dauern«, hielt Edie dagegen. »Der Schuft soll aber gleich bluten. Es ist unamerikanisch, die Schuldigen ungeschoren davonkommen zu lassen, Monarose. Warum, meinst du wohl, haben wir Gerichtshöfe, Richter und Geschworene? Um die Schuldigen an den Galgen zu bringen«, erklärte sie. »Verbrechen dürfen nicht ungestraft bleiben.«

Edie schüttete den Inhalt einer braunen Papiertüte auf meinem Bett aus. Ein Gewirr von Röhren und Drähten purzelte heraus.

Ich ergriff einen roten Draht und zwirbelte ihn zwischen den Fingern. »Was hat dich dazu getrieben, ein Radio auseinanderzunehmen?« Wenn Edie schon wissenschaftliche Neigungen entwickelte, hätte ich eher erwartet, daß sie Gehirnlappen nach lang verborgenen Geheimnissen durchforstete oder ein menschliches Herz auf seine Mängel hin sezierte.

»Es ist nicht direkt ein Radio«, erklärte mir Edie. »Es sind Teile davon. Für eine Wanze. Komplett kann man sie nicht kaufen. Man bekommt keine, wenn man nicht seine CIA-Ausweiskarte zücken kann. Aus drei Elektroläden hat man mich hinausbegleitet, bevor ich einen netten Mann fand, der bereit war, mir zu helfen. Dann hat er mich zum Essen eingeladen, das Angebot aber wieder zurückgezogen, als ich ihn fragte, ob er wirklich mit einem Mädchen ausgehen will, das gerade die Wohnung seines Ex-Freundes mit Wanzen versehen möchte.«

»Edie, das wirst du nicht tun.«

»Aber gewiß doch.« Edie rieb sich die Hände. »Ich werde soviel Schmutziges über ihn herausbekommen, alles erfahren, was erfahrenswert ist, herausfinden, was diese Starlets haben und ich nicht.«

»Sie haben nichts, was du nicht hast.«

»Sie müssen etwas haben«, widersprach Edie mir. »Sie sind mit ihm zusammen und ich nicht.«

Es ist moralisch gesehen okay, die Post des Geliebten zu lesen, wenn sie schon geöffnet ist. Sie selbst zu öffnen ist nicht besonders schön. Postkarten machen es einem leicht. Es ist gestattet, in der Wohnung eines Lovers herumzuschnüffeln, nicht jedoch in der einer Freundin. Ich würde nicht davor zurückschrecken, ein paar Leute anzurufen, um jemandes Charakter und Kreditwürdigkeit zu überprüfen, »aber«, sagte ich, »jemandem mit Wanzen nachzuspionieren ist eine Schweinerei.«

»Hast du überhaupt kein Mitleid mit mir?« fragte Edie. »Wo bleibt dein Mitgefühl? Für dich ist es leicht, dich aufs hohe Roß zu setzen. Dich hat noch nie jemand einfach abserviert. Du weißt doch gar nicht, wie es ist, wenn ein Typ dich überhat.«

»Philip hat dich nicht über. Nur hast du ihn untergekriegt.«

Nicht, daß mich Philips Bürgerrechte auch nur einen

Deut interessiert hätten. Was mir Unbehagen verursachte, war Edies Bedürfnis nach Extremen, ihre grenzenlose Unversöhnlichkeit wegen alter Geschichten. »Es gibt Dinge, die heilig sind«, sagte ich.

»Da hast du recht, Monarose. Die Liebe ist heilig. Er hat darauf gespuckt, und nun wird er den Preis dafür zahlen.«

Tage vergingen, und wir redeten nicht mehr über Abhöraktionen, Wanzen und verdeckte Operationen, bis Edie mich eines Samstagabends anrief. »Du mußt rüberkommen«, sagte sie, »auf der Stelle.«

Auf ihrem Küchentisch stand ein Tonbandgerät. Edie bedeutete mir, mich hinzusetzen, in aller Ruhe. Sie drückte den »Play«-Schalter.

Aus dem Lautsprecher kam Philips Stimme: *Was machst du da mit mir? Ich denk' mir was für dich aus. Ja, ich will dich lecken. Bei den Zehen anfangen. Ich will dir die Zehen lutschen.*

Kicher, kicher. Quietsch. Kicher. Hi-hi.

»Das ist Tanya«, sagte Edie. »So nennt sie sich zumindest. Wahrscheinlich ihr Künstlername.«

Wir hörten zu, wie Philip Tanya erklärte, sie sei geschmeidig wie ein Leopard. Ihr Muskeltonus errege ihn.

»Kannst du das glauben?« fragte Edie. »Was für ein Gewäsch.«

»Hat er mit dir auch so geredet?«

»Das bezweifle ich. Das hätte ich sicherlich nicht zugelassen«, sagte Edie.

Tanya hatte offensichtlich keine solchen Einwände. *Du bist ja ein richtig Wilder.*

»Der Leopard und der wilde Mann. Wie in einem Tarzan-Film«, merkte ich an.

Edie legte den Finger auf die Lippen. »Jetzt kommt das Beste.«

Es folgten schlürfende Geräusche, dicht gefolgt von Stöhnen. Reißverschlüsse wurden geöffnet. Kleider raschelten. *O Tanya.* Quietschende Bettfedern. *O Philip. O Gott.* Sex auf einem Tonband klingt wie eine Weinprobe. Oder wie die Geräusche, die ein Hund macht, wenn man ihn mit Erdnußbutter füttert.

»Hat diese kleine Wanze nicht eine ganze Menge aufgeschnappt?« Edie war stolz auf ihren Erfolg.

Ich fragte sie, wie sie es geschafft hatte, die Wanze anzubringen. So lächerlich das war, ich wollte nicht, daß sie sich auch noch des Hausfriedensbruchs schuldig gemacht hatte.

»Ich habe Schlüssel«, erzählte sie.

»Ich dachte, er hätte sie von dir zurückverlangt?«

»Hat er auch. Und ich habe sie ihm gegeben. Aber erst nachdem ich Nachschlüssel habe machen lassen. Ein glattes Dutzend. Willst du sie sehen?«

Die Abhörsitzung war zwar potentiell peinlich für Philip, gab aber für eine Erpressung nichts her. Damit konnte man ihn nicht ruinieren. »Dafür wird er nichts zahlen«, sagte ich.

Das wußte Edie. »Aber zumindest kann man ihm damit einmal tüchtig den Spaß verderben.« Sie ging zum Kamin und nahm sich einen blauen Draht. »Siehst du das? Dieses Schätzchen läuft den Schornstein hoch zu Philips Kamin. Von da ist es mit den Lautsprechern von Philips Stereoanlage verbunden. Jetzt müssen wir nur noch das Mikrofon an diesem Ende anschließen und unser Band ablaufen lassen.«

»Natürlich wird er rot anlaufen, wenn er das noch mal hört. Aber wozu der ganze Aufwand – nur um ihm beizubringen, daß jemand ihn abhört?«

»Denk mal weiter, Monarose. Er hat jetzt ein Mädchen da oben. Und dieses Mädchen ist nicht Tanya.«

Edie brachte die Geräte an und machte das Licht aus. »Sei ganz still«, befahl sie mir. »Sonst hört er auch unsere Stimmen.« Edie spulte das Band zurück und stellte das Gerät auf volle Lautstärke.

Das Band war ganz abgespielt, ehe die Reaktion erfolgte. »Vielleicht sollte ich es noch mal laufen lassen«, flüsterte Edie, doch genau in diesem Augenblick hörten wir Philip die Treppe herunterpoltern. Edie und ich saßen bewegungslos da wie ein Gipslöwenpaar in der Bibliothek.

»Edie!« Philip schlug gegen die Tür. »Mach auf. Ich weiß, daß du da drin bist. Mach diese verdammte Tür auf.«

Als er aufgab und wegging, nahmen wir die Hand vom Mund. Wir schüttelten uns vor Lachen, und dann erklärte ich Edie, ich sei froh, daß ich ihre Freundin sei. »Zur Feindin möchte ich dich nicht haben.«

»Aber dazu würde es nie kommen, Monarose.«

Edies Rachsucht hätte mit der Abhöraktion befriedigt gewesen sein können, doch daß Philip so nahe wohnte, war einfach zu verführerisch.

Immer wenn Edie Philip ausgehen sah, schlich sie sich in seine Wohnung. Dort räumte sie dann ein wenig auf:

Warf einen Aschenbecher auf den Boden. Zerbrach einen Teller. Verstopfte die Toilette mit seinem Adreßbuch. Eines Nachmittags überkam sie das Verlangen nach seinem Geruch, und sie beschloß, sein Lieblingshemd zu konfiszieren.

»Stell dir das mal vor.« Sie sprach aus seinem Kleiderschrank heraus mit mir. »Seinen Geruch habe ich wirklich geliebt. Jetzt hab ich's.« Ein Jeanshemd in der Hand kam sie hervor. »Möchtest du etwas?« Edie lud mich ein, in Philips Sachen herumzustöbern. »Greif zu«, sagte sie, als hielte sie ein Tablett mit Appetithäppchen in der Hand.

Ich nahm mir eine blau-grüne Nehru-Jacke mit Paisley-Muster. »Schau dir das an. Das ist ja antik.«

»Es ist etwas sehr Trauriges daran, wenn ein Mann, der eine Jacke mehr als zwanzig Jahre lang trägt, es nicht schafft, ein Mädchen länger als ein paar Wochen zu halten.«

Draußen vor dem Feinkostladen liefen wir Philip über den Weg. Wir wären einfach weitergegangen, hätte er nicht Edie am Ärmel gepackt. »Jemand war in meiner Wohnung«, sagte er. »Hat Sachen kaputtgemacht. Dinge verschwinden lassen. Mein Bier getrunken.«

»Sag mal, du klingst genau wie einer von den sieben Zwergen«, grinste Edie. »Aus dieser Geschichte mit dem hübschen Mädchen. Klingt er nicht genau wie einer von den sieben Zwergen, Monarose?«

Ich nickte.

»Vielleicht gibt's bei dir Poltergeister«, schlug Edie vor. »Wenn ich du wäre, würde ich umziehen. In deiner Wohnung spukt's ja.«

»Gib mir meine Schlüssel zurück.« Philip streckte die

Hand aus. »Ich weiß, daß du einen ganzen Satz hast. Und den will ich.«

Edie holte zwei an einer Büroklammer befestigte Schlüssel aus ihrer Hosentasche. Sie ließ sie in der Luft baumeln und dann zu Boden fallen. Philip hob seine Schlüssel kommentarlos auf.

»Das Problem bei ihm ist«, sagte Edie, »daß er nicht weiterdenkt.«

Ein Krachen und der Anblick einer Axt, die ihre Tür durchschlug, weckten Edie aus tiefem Schlaf. Träume dieser Art hatte sie schon öfter gehabt. Ohne sich viel dabei zu denken, drehte sie sich auf die andere Seite.

»Stehen Sie auf.« Der Mann mit der Axt rüttelte sie.

»Sind Sie echt?« Edie dachte, ihre Träume nähmen eine neue Wendung und überschritten die Grenze zur Wirklichkeit.

»Ja, ich bin echt. Stehen Sie jetzt auf.« Der Feuerwehrmann forderte Edie auf, ihre Wohnung sofort zu verlassen.

Sie legte sich eine Decke über und folgte dem Feuerwehrmann ins Treppenhaus und die Treppen hinunter. »Es war die Hölle, ein Inferno«, beschrieb sie. »Wie die Straße unterhalb eines Vulkans. Voll dickem, schwarzem Qualm. Ein Balken brach herunter und fiel uns in den Weg. Das Feuer knisterte wie Teufelsgelächter.«

Die anderen Bewohner hatten sich bei den Feuerwehrwagen zusammengekauert. Edie war als letzte herausgekommen. Philip stand an einen der roten Wagen gelehnt und trank Kaffee aus einer Styroportasse.

Edie schlang sich ihre Decke um wie einen Sarong, trat

auf ihn zu und fragte: »Wie lange bist du schon hier draußen?«

»Eine Weile«, sagte er.

»Wie lang genau ist eine Weile?«

Philip zuckte die Schultern. »Ich weiß es nicht. Bevor die Feuerwehrleute hier ankamen. Ich habe sie gerufen.«

»Warum hast du auf dem Weg nach unten nicht bei mir an die Tür geklopft?« wollte Edie wissen.

Philip wich ein paar Schritte zurück. »Wie hätte ich wissen sollen, daß du überhaupt zu Hause warst? Und was macht das jetzt für einen Unterschied? Es ist dir ja nichts passiert.«

»Du hättest mich verbrennen lassen«, sagte Edie. »Ich habe mit dir geschlafen. Mehr als einmal. Trotzdem hättest du mich verbrennen lassen. Ich habe dich geliebt, und du hättest mich verbrennen und zu einer schwarzen Masse verkohlen lassen.«

Als öffnete sich eine Stabjalousie, um das Tageslicht hereinzulassen, brachen Streifen von Sonnenlicht durch den grünlichen Himmel. Das Feuer war gelöscht. Das Gebäude wurde für sicher erklärt.

Edies Wohnung war naß und roch scheußlich, aber der Schaden hielt sich in Grenzen. Ich half ihr beim Saubermachen. Als ich ihren Läufer aufhob, einen Teppichrest, der als Kelim durchgehen sollte, sagte ich: »Der ist patschnaß, Edie. Der ist nicht zu retten.«

»Er hätte mich verbrennen lassen«, wiederholte sie zum soundsovielten Mal. »Das vergesse ich ihm nie. Ich war die letzte, die rauskam. Bei einem Feuer. Er hätte mich tatsächlich verbrennen lassen.«

Dann kam eine Kältewelle. Die Luft war eisig und Gift für die Haut. Edie und ich verkrochen uns jede bei sich zu Hause und verbrauchten eine Menge Telefoneinheiten. Draußen durchschnitt der Wind die Luft und heulte, als wäre die Stadt von verlorenen Seelen besessen.

In dieser Zeit klopfte es einmal spät abends an meiner Tür. »Mach nicht auf.« Calvin knabberte an meinem Ohrläppchen.

Ich schob ihn von mir herunter und stieg aus dem Bett. Ich warf mir etwas über, ging zur Tür und schaute durch den Spion. Edie stand im Treppenhaus und zitterte wie Espenlaub. Ich ließ sie herein, und sie sagte: »Ich muß hierbleiben. Ich habe Vorräte mitgebracht.« Edie lud eine Einkaufstüte voll Kaffee, Bier, Zigaretten und Knabbereien ab. Sie machte ein »Becks« auf und sah dann Calvin in meinem Bett. »Was macht der denn hier?« fragte sie.

»Was meinst du wohl, was ich hier tue?« fragte Calvin zurück.

»Er muß gehen«, wandte sich Edie zu mir. »Sofort. Ich muß mit dir reden, Monarose. Allein. Jetzt«, betonte sie.

»Kommt nicht in Frage.« Calvin zog die Decke über sich. »Ich gehe nirgendwo hin.«

Die Fensterläden klapperten von einem Windstoß, und ich sagte: »Komm schon, Calvin. Edie muß mit mir reden.«

»Wenn du mich jetzt raussetzt«, warnte mich Calvin, »komme ich nie wieder. Das schwöre ich dir, Mona. Das war's dann mit uns.«

»Calvin, geh«, sagte Edie.

Calvin schaute mich an, und ich nickte. »Du gehst jetzt besser«, sagte ich.

»Dann ist es aus. Hast du das verstanden?« fragte er mich.

»Ja. Ich habe verstanden.«

Calvin zog sich in aller Eile an und stürmte zur Tür hinaus.

Edie war einen Moment lang still, dann sagte sie: »Wenn irgend jemand anruft und fragt, ob ich da bin, sag, ich sei in Miami, wo jeder vernünftige Mensch in einer Nacht wie dieser sein sollte.«

»Wer sucht dich?«

»Philip.«

»Philip? Ich dachte, wir seien fertig mit Philip? Warum sucht er dich?«

»Weil ich gerade seine Fenster eingeschlagen habe. Mit einem Hammer«, fügte sie hinzu. »Ich wollte, daß er sich so fühlte wie ich. Wie Trockeneis.«

Edie, kalt und einsam, war mit einem Hammer im Hosenbund auf die Feuerleiter geklettert. Ein Stockwerk weiter oben spähte sie durchs Fenster. Philip und irgendeine Mietze hatten sich unter einer Decke zusammengekuschelt. Edie nahm den Hammer in die Hand und zerschlug das Glas. Schnell trat sie zu den Wohnzimmerfenstern hinüber und zerschmetterte auch die. »Da drinnen muß es jetzt ziemlich eisig sein. Und wie will er um diese Nachtzeit einen Glaser finden?«

Wir rauchten jeder eine Zigarette, und Edie trank ihr Bier aus. Als das Telefon läutete, sah ich sie an und fragte: »Soll ich abnehmen?«

»Aber sicher«, sagte Edie. »Wer sollte ihm denn sonst sagen, daß ich in Florida bin?«

Ich tat so, als sei ich todmüde, doch Philip hatte nicht

die geringsten Bedenken, er könne mich geweckt haben. »Wo ist sie?« fragte er.

»Von wem sprichst du?«

»Du weißt verdammt gut, wen ich meine. Diese Wahnsinnige hat mir die Fenster eingeschlagen. Hol sie ans Telefon, oder ich ruf' die Polizei und lasse sie verhaften.«

»Ich weiß nicht, was du da faselst«, sagte ich. »Ich habe geschlafen. Du holst mich gerade aus dem Tiefschlaf.«

»Hol Edie ans Telefon«, wiederholte er.

»Edie ist in Florida, wie jeder vernünftige Mensch jetzt. Du weißt doch, wie gerne sie in der Weltgeschichte rumfliegt.«

»Ja«, sagte Philip. »Ich weiß. Heute ist sie die Feuerleiter hochgeflogen und hat meine Fenster zerschlagen.«

»Wieso glaubst du eigentlich, daß es Edie war? Das hätte schließlich jeder tun können.« Das war eine ziemlich absurde Bemerkung, und Philip ließ mich das auch wissen. »Ehrlich«, beteuerte ich. »Sie ist in Florida.«

»Du solltest sie nicht decken.« Philips Stimme wurde ruhiger. »Sie würde das auch nicht für dich tun.«

»Das weiß man nicht«, sagte ich. Ich empfahl Philip, er solle die Fenster mit Pappe flicken. »Bis dir jemand neue einsetzt. Pappe ist besser als eine Decke.«

Ich legte auf und berichtete Edie: »Er ist stinksauer. Er hat gedroht, die Polizei zu rufen. Du willst doch sicher nicht festgenommen werden. Auch nicht für ein Verbrechen aus Leidenschaft. Vielleicht wäre es eine gute Idee, ein paar Tage wegzugehen.«

»Ein paar Tage verborgen bleiben, bis die Sache nicht mehr so heiß ist?« Sie lachte, und gleichzeitig heulte boshaft der eisige Wind. »Oh.« Jetzt kam ihr noch ein Gedanke. »Ich hoffe, du bist nicht unglücklich wegen Calvin. Du warst zu gut für ihn, weißt du. Sicher, er sieht gut aus, aber eigentlich nur wie jemand aus einer Seifenoper. Und jetzt mal ehrlich, Monarose, er hatte nicht viel zu sagen.«

»Ich weiß«, stimmte ich zu. »Aber gerade das mochte ich an ihm.«

Statt in den Süden nach Florida zu reisen, nahm Edie eine DC-10 der Lufthansa nach Wien, wahrscheinlich der einzige Punkt der Weltkarte, an dem es in dieser Woche kälter war als in New York.

Nach drei Tagen Sachertorte, Würstchen, verfallener Pracht und alten Damen mit Dackeln an der Leine hatte Edie ihr Teil Wien gehabt. Mit einer Warmluftströmung kam sie zurück.

Noch war nicht Frühling. Es gab keine sichtbaren Beweise neuen Lebens, keine Narzissen oder junge Vögelchen mit weit aufgerissenen Schnäbeln, trotzdem schien es ein Neubeginn zu sein. »Es wird besser, Monarose«, sagte Edie. »Von jetzt an wird alles anders.«

5. *Mädchen*

In einer der internationalen Banken des Rockefeller Center schob Edie der Frau am Schalter eine Handvoll österreichischer Münzen hin.

»Tut mir leid«, sagte die Angestellte. »Wir nehmen nur Geldscheine an. Der nächste bitte«, rief sie.

Edie rührte sich nicht vom Fleck. »Das hier ist gutes Geld. Mit diesem Geld ist alles in Ordnung.«

»Bankregeln«, sagte die Angestellte. »Nur Papiergeld. Vielleicht gehen Sie am besten ...«

»Vielleicht gehen Sie am besten ...« Auch Edie konnte ihren Satz nicht zu Ende bringen. Ein Mann griff ein.

»Ein gutaussehender Mann mittleren Alters«, erzählte Edie. »Er war wie ein Bankier gekleidet, hatte aber einen total goldigen Akzent. Genau wie Colonel Klink. Er fragte: ›Vas ist denn das Problem? Vas?‹ Ist das nicht goldig?«

Er griff in die Hosentasche und wechselte Edie das Geld. »Er hat mir einen viel besseren Kurs gegeben als die Bank. Sein Name ist Werner.« Edie zog die Nase kraus. Werner war kein Name, der sich in der Hitze der Leidenschaft leicht ausrufen ließ.

Edie benannte ihn um in »mein Kraut«, weil sie gern ethnische Spitznamen verwandte, wann immer es sich anbot. Und dieser besondere Spitzname machte deutlich, daß – NATO hin oder her – die Deutschen immer der Feind sind und bleiben werden.

Der Kraut und Edie aßen oft zusammen. Das Essen bestand aus Schokoladenstückchen, die sie zwischen Gängen von, wie Edie behauptete, phantastischem Sex knabberten. »Wirklich phantastisch«, sagte sie. »Diesmal muß ich ihm gar nichts vorspielen. Ich habe tatsächlich Orgasmen.«

»Willst du damit sagen, du hattest bisher keine? Wozu solltest du dir die ganze Mühe mit dem Sex machen, wenn du keinen Orgasmus hast?«

Edie zuckte die Schultern. »Vielleicht Optimismus. Und mit Philip hatte ich manchmal einen. Aber nicht so wie jetzt. Nicht immer und nicht dreimal hintereinander.«

Bevor er in die Bank zurückkehrte, zog Werner ein paar Zwanzigdollarnoten aus seiner Brieftasche und sagte: »Du und Mona, ihr geht jetzt irgendwo gut essen«, als wäre es ein Befehl.

»Weißt du«, Edie steckte das Geld ein, »ich bin verrückt nach dir.«

Werner dachte, *verrückt nach dir* sei ein Ausdruck, den Edie erfunden habe. »Ja«, sagte er. »Verrückt nach. Zat explains everysing – Das erklärt alles.«

»Laß uns wirklich verrückt nacheinander sein.« Edie bedeckte ihn mit Küssen. »Laß uns zusammen weglaufen.«

»Vohin?« fragte er.

»Vohin auch immer du willst«, versprach Edie. »Wir könnten in Palm Springs leben. Wir könnten einen Mercedes fahren. Oder einen Volkswagen. Wir könnten in einem Haus mit Swimmingpool und japanischem Garten wohnen.«

»Und vie lange? Bis du mich nicht mehr volltest?«

»Ich werde dich immer wollen.« Edie war ganz ernst. »Du bist mein Kraut. Ich werde dich immer und ewig wollen.«

»Und vie lang«, fragte Werner, »ist für immer in Amerika?«

Edie war der Meinung, dies sei die tiefgründigste Frage, die jemals jemand gestellt habe. Wochenlang legte sie sie jedem vor, den sie traf. »Sag mir«, fragte sie, »wie lang ist für immer in Amerika?«

Manchmal sah Edie ihren Kraut vier oder fünf Tage am Stück nicht. Er war häufig auf Geschäftsreisen. Dann konnte sie ihn wieder tagelang nicht treffen, weil er sich nicht von Ingrid wegschleichen konnte. Ingrid war die Frau, mit der er seit siebzehn Jahren zusammenlebte.

»Er kann sie unmöglich lieben«, überlegte Edie. »Wenn man siebzehn Jahre mit einer Frau zusammen war, dann heiratet man sie, wenn man sie liebt.« Trotzdem war Edie ganz versessen darauf, die Konkurrenz ins Auge zu fassen. »Ich muß sie einfach mal sehen. Nur einen Blick auf sie werfen.«

Wir bezogen Posten vor Werners Mietshaus. Unter den Fischaugen des Pförtners schlenderten wir wieder und wieder daran vorbei und hielten die Ohren offen auf der Suche nach einem deutschen Akzent. »Bist du sicher, daß das die richtige Adresse ist?« fragte ich.

»Absolut sicher.« Edie hatte Werners Brieftasche

durchsucht. »Alle Papiere sind auf diese Adresse ausgestellt. Wahrscheinlich tut Ingrid gar nichts, bleibt immer daheim, schaut Fernsehshows und bäckt Strudel.«

Wir wollten schon aufgeben und wieder in die Stadt gehen, da drang der gutturale Klang von Deutsch an unser Ohr. Ingrid, es mußte Ingrid sein, tadelte den Pförtner. »Vo varen Sie letzte Nacht? Sie varen nicht auf Ihrem Platz.«

Ingrid war klein, wirkte aber weder zierlich noch kindhaft, wie das bei kleinen Frauen sonst oft der Fall ist. Stimme und Verhalten verliehen ihrem Körper zusätzliche Masse und ließen sie vierschrötig wirken. Sie trug einen Fuchspelzmantel. Ingrid war nicht sonderlich attraktiv.

»Und ich dachte, in so einem Fuchspelzmäntelchen würde einfach jede Frau bezaubernd aussehen«, sagte Edie. »Vielleicht ist sie das gar nicht.«

»Wer sollte sie dann sein?« fragte ich.

»Das Dienstmädchen?«

»In einem Fuchspelzmantel? Und macht dem Pförtner Theater? Wenn du Strudel backen könntest, Edie, wäre er auf immer dein.«

Pläne und Ränke zu schmieden, trödeln und tändeln bekam Edie, so wie Ferien auf dem Lande englischen Mädchen. Ihre Wangen nahmen eine gesunde Farbe an. Sie war lebhaft, kicherte viel und wog ein oder zwei Pfund mehr. »Ich schmelze dahin vor Liebe«, sagte sie.

Mit einer Großzügigkeit, die sie sich damals leisten konnte, wollte Edie, daß auch ich verliebt war. »Ich will, daß du mit mir zusammen vor Sehnsucht vergehst, Monarose. Gibt es denn derzeit niemanden, den du lieben könntest?«

Es gab jemanden. Eine vage Möglichkeit. Er wohnte oder arbeitete in meiner Nähe. Jeden Tag ging er an mir vorbei, wenn ich an meinem Briefkasten stand. Nach einer Weile bestätigten wir mit einem Nicken, daß wir uns zur Kenntnis genommen hatten. Dann ein Lächeln. Kürzlich hatten wir uns zu einem »Hallo« vorgearbeitet. »Ich mag sein Gesicht. Es hat Charakter. Er hat Falten«, erzählte ich Edie. »Aber ich weiß nicht das geringste über ihn, nur, daß er doppelt so alt ist wie ich.«

»Ältere Männer sind etwas Göttliches«, sagte Edie. »Sie verstehen Frauen. Sie wissen, wie man uns Freude bereitet. Außerdem sind sie dankbar. Mein Kraut ist Jahre älter als ich. Beinahe zwanzig. Natürlich wiegt kein Altersunterschied die Tatsache auf, daß er Deutscher ist. Ihn zu lieben ist praktisch Verrat. Oh, du sollst auch lieben, Monarose. Es macht mehr Spaß, wenn wir beide verliebt sind. Tu es für mich.«

Ach, die Freuden, an denen wir litten, wenn wir uns an kleinen Schmerzensstichen berauschten. Täglich quetschten wir an unseren blauen Flecken herum, damit sie blutig angelaufen und hübsch blieben.

Einmal hatte ich einen Freund, der mir vorwarf: »Manchmal denke ich, wenn du zwischen Edie und mir wählen müßtest, würdest du dich für Edie entscheiden.« Ich antwortete nicht, und er fuhr fort: »Es gibt mir das Gefühl, daß wir keine gemeinsame Zukunft haben.« Und damit hatte er auch recht.

»Ich befasse mich mit dem Gedanken überzutreten«, sagte Edie und biß in einen Apfel.

»Zu was überzutreten?«

»Zum Judentum. Ich könnte als Jüdin durchgehen. Ich sehe jüdischer aus als du. Mein Kraut dachte, ich sei Jüdin. Er war ganz enttäuscht, als ich verneinte. Ich hätte lügen sollen. Ich glaube, er hätte gern eine Jüdin.« Edie machte sich Sorgen, aufgrund dieser Judenfrage könne Werner beschließen, mich zu lieben statt ihrer. »Darum habe ich, als er mich fragte, ob du Jüdin seist, mit nein geantwortet. Ich sagte, du hättest spanisches Blut. Deine Familie stamme aus Barcelona.«

Meine Familie stammte nicht aus Barcelona, und der gängigen Vorstellung von einer Jüdin entsprach ich auch nicht. Die Behauptung, ich sei assimiliert, wäre eine dezente Untertreibung in Hinblick auf meine verwässerte ethnische Herkunft. Ich bin mit Krabbensalatsandwiches großgefüttert worden, bei denen die Rinde weggeschnitten war. »Ich bin eigentlich nicht sehr jüdisch«, erklärte ich Edie.

»Seit wann schert ein Deutscher sich um Details, wenn es um Juden geht? Mit *kaum jüdisch* wärst du am selben Ort gelandet wie mit *fromm*. Ich glaube wirklich, mein Kraut möchte, daß ich Jüdin werde.«

»Kein Rabbi würde deinen Übertritt absegnen, Edie. Man muß einen Grund fürs Konvertieren angeben. Und der Wunsch, für einen deutschen Liebhaber eine reizvolle, verbotene Frucht zu sein, gehört nicht gerade zu den Gründen, die ein Rabbi hören will.«

»Warum nicht?« fragte Edie. »Es ist ein guter Grund. Der beste Grund überhaupt.«

»Schau dir das an«, sagte Edie. »Das Glück. Direkt vor unserer Nase. Fast wären wir darüber gestolpert.«

Wir waren auf dem Weg nach Brooklyn. Inzwischen gingen wir lieber nach Brooklyn als ins Ausland. Eine Menge Leute geben damit an, daß sie in London gewesen sind, aber wie viele von ihnen bekommen Seagate oder Canarsie zu sehen? Wenn man mich nach meinen Reisen fragte, vergaß ich manchmal, daß ich in Venedig gewesen war, aber an Bensonhurst, wo in den Vorgärten Jesusstatuen und Marienfiguren aus Gips in Glaskästen stehen, erinnerte ich mich immer.

In Europa hingen Edie und ich eigentlich immer nur in den Cafés herum. In Brooklyn dagegen erforschten wir Seitenstraßen, kleine Gassen und Hinterhöfe. Wir nahmen unsere Fotoapparate mit. Wir bestaunten die Sehenswürdigkeiten.

Das arabische Viertel entlang der Atlantic Avenue ist kaum ein Viertel zu nennen. Nichts als ein paar Restaurants, eine Pita-Bäckerei in einem feuchten Keller, in dem auch ein Sklavenmarkt hätte stattfinden können, und ein paar Gewürzläden. Es waren diese Gewürzläden, die uns anlockten. Wir mußten unseren Vorrat an Khol wieder auffüllen.

Zwar hatten alle Gewürzläden Khol vorrätig, doch hatten wir unseren Lieblingsladen. Ein uralter Mann stand hinter der Ladentheke. Sein Haar war weiß, seine Zähne golden. Sein Anzug war blau und aus der Mode. Für ihn zählten nur seine Gewürze.

Dies war unser vierter Besuch in diesem Laden in ebenso vielen Jahren. Edie war überzeugt davon, daß der alte Mann sich an uns erinnerte, obwohl es offensichtlich war, daß er es nicht tat. Sie begrüßte den alten Mann, als wären sie zusammen aufgewachsen. »Wie lange wir uns nicht mehr gesehen haben«, sagte sie. »Wie ist es Ihnen ergangen?«

Er antwortete nicht. Edie drehte sich zu mir um und erklärte: »Das ist das Spiel, das er immer mit mir spielt, um seine geheimnisvolle Aura zu bewahren.« Dann erklärte sie ihm: »Wir kommen wegen unserem Khol.«

»Khol? Warum wünschen Sie Khol? Khol ist für arabische Frauen.«

»Sie sind ein Scherzkeks«, lachte Edie. »Jedesmal, wenn ich hierher komme, führen wir das gleiche Gespräch. Geben Sie es uns ruhig. Ich gehöre zu euch.« Sie zeigte ihm ihr Profil und fragte: »Sehe ich nicht aus wie eine arabische Frau? Bin ich nicht exakt das Ebenbild einer ägyptischen Königin?«

Der alte Mann konnte zaubern, wenn es darum ging, seine wahren Gedanken zu verbergen. Mit ausdruckslosem Gesicht, doch aufblitzenden Goldzähnen, betrachtete er Edie noch einmal. »Ja«, sagte er, »wenn ich genau hinschaue, sehe ich's auch.«

Unser Khol in der Handtasche, winkten Edie und ich dem alten Mann zum Abschied. »Es ist gut, daß wir zusammen da hingehen«, meinte Edie. »Er würde dir nie das Khol verkaufen, wenn du nicht mit mir zusammen wärest.«

Ich lächelte Edie ganz ähnlich an wie der alte Mann. »Ja, meine Liebe«, sagte ich, »ich glaube, da hast du recht.«

Edie blieb vor dem Schaufenster eines Ladens stehen, in dem Platten, Kassetten und Bauchtanzkostüme verkauft wurden. Das Kostüm im Schaufenster war der Wahnsinn. Ein purpurrotes, mit Münzen besticktes Oberteil, dazu Chiffonhosen in der Farbe des nächtlichen Wüstenhimmels. Ich bekam sofort mit, was Edie dachte, und sagte: »Vergiß es.«

Mein Talent, ihre Absichten im voraus zu erkennen, nahmen wir schon lange als gegeben hin. Edie beharrte darauf, ich hätte übernatürliche Fähigkeiten. Ich vermutete die Ursache darin, daß ich sie so gut kannte. Manchmal jagte ich ihr einen kleinen Schreck ein, indem ich eine Antwort, die sie mir geben wollte, den Bruchteil einer Sekunde vor ihr Wort für Wort mit den Lippen formte.

»Aber Monarose«, hielt sie mir entgegen. »Der Kraut würde von mir in diesem Kostüm begeistert sein.«

»Nein, würde er nicht«, sagte ich. »Es würde sein Bild von dir zerstören.«

»In diesem Kostüm könnte ich ihn dazu bringen, mit mir nach Bagdad davonzulaufen.«

»Bagdad liegt im Irak, Edie. Niemand kann in den Irak davonlaufen. Schon gar nicht ein Bankier mit internationalen Verbindungen. Nicht einmal du. Vergiß das Kostüm. Wir können es uns ohnehin nicht leisten.« Das hatte nun wiederum nicht nur mit Geld zu tun. Wenn Edie das Bauchtanzkostüm kaufte, dann nur, weil sie auf den Kick aus war, es zu besitzen und auszuprobieren. Danach würde sie es bei mir abladen. Wenn ich es erst einmal hatte, würde ich mit Bauchtanz anfangen und Junggesellenpartys abklappern.

Edie blieb stur auf dem Bürgersteig stehen, bis ich sie dazu bringen konnte zuzugeben, daß das Kostüm für sie nur eine kurzlebige Laune war. »Du hast recht«, sagte sie schließlich. »Wie kommt es, daß du immer recht hast?«

Im »Moroccan Star« brachte der Kellner unsere Schisch-Kebab. Edie teilte einen Fleischbrocken mit dem Messer und spießte die eine Hälfte auf ihre Gabel. »Ich muß mir sicher sein, daß der Kraut mich liebt. Wie bringe ich ihn dazu, es mir zu beweisen?« Edie würde keine Ruhe geben, bis Werner Ingrid verließ, seine Wohnung im Außenbezirk räumte, seinen Job aufgab – alles aus Liebe zu Edie. Am liebsten wäre es ihr gewesen, wenn er auf gebackenen Strudel verzichtete und den Wechselkurs für ausländische Währungen ebenso vergaß wie Ski-Wochenenden. Noch immer wollte sie sichtbare Beweise in Händen halten.

»Wenn er dir sagt, daß er dich liebt, warum glaubst du ihm dann nicht einfach?« fragte ich.

»Also wirklich, Monarose«, sagte Edie. »Wie oft hast du schon deine Liebe geschworen, wenn du es gar nicht so meintest? Es ist doch völlig üblich, in solchen Dingen zu lügen.«

Es konnte nicht wirklich Edies Wunsch sein, einen Deutschen ganztags um sich herum zu haben. Ein Deutscher im Haus ist bei weitem nicht so aufregend wie einer, den man heimlich trifft. »Sieh's doch mal so«, sagte ich. »Wenn Sex wie ein Glas Wasser ist, schmeckt es dann nicht viel eher wie Champagner, wenn Dürre herrscht? Wenn du nichts weiter zu tun hast, als in die Küche zu gehen und den Wasserhahn aufzudrehen, schmeckt Wasser einfach nach Wasser. Und führ dir bloß mal vor Augen, Edie: Ein Deutscher will es sauber haben, steril. Du wirst Werner jeden Morgen das Frühstück auf sauberen Tellern vorsetzen müssen, während er die ›Times‹ in exakte Viertel legt.«

»Frühstück?« Edie verzog das Gesicht. »Wer ißt denn Frühstück?«

»Laß den Perfektionismus«, sagte ich. »Im Moment hast du die ideale Situation. Laß die Dinge, wie sie sind.«

»Heute geht's uns doch wirklich gut, nicht wahr, Monarose?«

»Ja. Und jetzt iß dein Schisch-Kebab. Es wird kalt.«

Edie aß ein bißchen und fragte dann: »Sind wir eigentlich zufrieden?«

Bei dem Wort zuckte ich zusammen. »Bitte, Edie. Kühe sind zufrieden. Zufriedenheit ist ein Wort, das man besser für wiederkäuende Kühe verwendet.«

»Monarose. Was heißt eigentlich wiederkäuen?«

»Es ist etwas, was wir nie tun würden«, sagte ich.

»Daran habe ich nicht gedacht.« Dann fragte Edie: »Aber wir sind doch glückliche Mädchen, oder?«

6. *Die einzige Wahrheit, die ich kannte*

Werner eilte gerade aus Edies Wohnblock, als ich kam. Er nickte mir zu, ein kurzes Nicken, als wären wir beide Geheimagenten, die so tun mußten, als ob sie nichts voneinander wüßten.

Edies Tür war angelehnt. Ich stieß sie auf und traf Edie im Yogasitz auf ihrem Bett an, inmitten von Scherben zerbrochener Aschenbecher und Kaffeetassen. Die Bücher standen nicht mehr auf den Regalen, Buchdeckel waren abgerissen, einzelne Seiten herausgefetzt. Ich hob den Rest eines Plattenalbums auf, ›Heart of Glass‹ von Blondie, und warf es in den Mülleimer.

Schon einmal hatte ich ein Haus so gesehen. In den Nachrichten. Ein Tornado hatte sich in Indiana seinen Weg durch ein Wohnzimmer gebahnt.

»Was ist denn hier passiert?« fragte ich.

»Werner wird nach Frankfurt zurückversetzt. Er hat Anweisung bekommen, seine Geschäfte hier abzuwickeln und die Sachen zu packen.«

»Das könnte doch schick sein«, meinte ich. »Eine Romanze zwischen zwei Kontinenten.«

»Ich will keine Romanze zwischen zwei Kontinenten.« Sie biß sich fest. »Ich will ihn hier. In Taxinähe.«

In der Regel brauchte es nicht viel, damit Edie explodierte. Ein Warenfehler. Ein nicht ganz perfekter

Haarschnitt. Eine Laufmasche. Ein Lover, der nach Frankfurt versetzt wurde. Es war schwer zu erahnen, was ihr wirklich zusetzte. War ein abgebrochener Fingernagel schmerzlicher als ein kaputter Reißverschluß? Verursachte ihr der Verlust eines Ohrrings mehr Kummer als der Verlust eines Liebsten? Ich konnte es nie so genau sagen. Nur eines war klar: Von mir erwartete sie, daß ich es in Ordnung brachte, was auch immer es war. »Es gibt noch andere Jungs«, sagte ich.

»Oh, ich weiß schon. Typen, die verschwinden, ohne eine Adresse zu hinterlassen. Typen, die von Anfang an keine Adresse haben. Typen, die mich verlassen. Und Typen, die mich verbrennen lassen würden, wenn das Haus in Flammen aufgeht. Ich will jemanden, der zu mir hält. Warum kann ich das nicht haben, Monarose?«

Im Feinkostladen unten stieß Edie im Seitengang zwischen Katzenfutter und Dosensuppe mit einem Typ zusammen, der in ihrem Block wohnte. »Ich habe ihn schon früher gesehen«, erzählte sie mir, »aber nicht beachtet, weil ich mit jemand anderem beschäftigt war. Willst du etwas Goldiges hören?« fragte sie.

»Eigentlich nicht.«

»Er hat mich Schneewittchen genannt. Ich hatte nämlich diesen weißen Rock an, den bauschigen. Und ein verlottertes, altes weißes Sweatshirt. Ich muß schrecklich ausgesehen haben, aber er sagte: ›Hallo, Schneewittchen, würdest du mir bitte eine Dose Bohnen rüberreichen?‹ Ist das nicht reizend?«

»Entzückend«, meinte ich.

»Ich könnte diesen Typen mögen, Monarose. Ich könnte ihn lieben. Ich könnte es herrlich finden, daß er in meinem Block wohnt. Ich könnte einen Typ lieben, der an Ort und Stelle bleibt. Also«, fragte sie, »sollte ich ihm einen Brief schreiben, in dem ich ihm meine Absichten erkläre? Ich kann den Brief in seinen Briefkasten stecken. Ich weiß, wo er wohnt. Oder ist das zu kühn?«

Sich spröde zu geben war einfach Zeitverschwendung. »Schreib den Brief«, sagte ich. »Was hast du zu verlieren?«

Am nächsten Vormittag stellte Edie mir am Telefon eine Frage: »Kann jemand im Bett besser werden, wenn er erst einmal die Einundzwanzig überschritten hat?«

»Meinst du dich selbst?«

»Nein, ich meine ihn.«

»Keine Ahnung. Bleib mal dran, ich frage Ross.« Ich gab Edies Frage an den Mann in meinem Bett weiter, den mit den Falten, dem ich am Briefkasten begegnet war. Er war Musiker und tatsächlich doppelt so alt wie ich.

»Ich hoffe doch, ja«, sagte Ross, und das berichtete ich Edie.

»Oh, gut. Es war so toll gestern abend«, sagte sie, obwohl das dem Vorangegangenen widersprach. »Ich habe den Brief eingeworfen, wie du es mir geraten hast. Er hat mich sofort angerufen und ist rübergekommen. Gerald ist faszinierend. Er ist ein Entrepreneur.«

»Entrepreneur« war ein Beruf, den ich nicht einordnen konnte. Ich nahm an, es sei eine höfliche Umschreibung für Drogenhändler, ein Euphemismus wie »Berater« oder »Begleiterin«.

»O nein«, sagte Edie. »Gerald ist strikt gegen Drogen.«

»Ist er ein Fanatiker?« fragte ich.

»In gewisser Weise. Aber er ist dabei nicht komisch. Er ist sehr kraftvoll. Intensiv. Er hat ausgeprägte Ideen. Er ist wirklich einzigartig. Ehrlich, er ist ein Genie.«

Es war eine nette Vorstellung, daß man im Supermarkt von nebenan direkt neben dem Regal mit dem Mohnkuchen ein Genie finden konnte.

Nachdem Edie aufgelegt hatte, wollte Ross wissen: »Worum ging es?«

»Edie hat sich wieder verknallt«, erzählte ich.

»Edie.« Er rollte die Augen.

»Ich dachte, du magst sie.«

»Ich mag sie auch«, sagte er. »Aber irgendwie ist es kindisch, daß man sich jede Kleinigkeit erzählt. So Dummheiten zwischen besten Freundinnen.«

»Wenn wir Schwestern wären und nicht Freundinnen, würdest du uns dann für dumm halten?«

Ross gab zu, daß das etwas anderes wäre, daß eine solche Nähe ihm dann natürlicher erschiene. Dann sagte er: »Vielleicht mag ich sie auch nicht. Sie ist ziemlich nervig, weißt du.«

»Es kann nicht sein, daß du mich magst, aber Edie nicht«, sagte ich. »Es ist unmöglich. Wir sind ein Team. Ein Duo. Außerdem«, gestand ich, »wäre ich ohne sie ein Heimchen am Herd. Völlig gewöhnlich.«

»Da schreibst du ihr viel zuviel zu«, sagte Ross. »Du bist ganz aus dir selbst heraus äußerst bemerkenswert.« Er küßte mir die Handflächen, und ich nahm zur Kenntnis, daß es Dinge gab, die außer Edie und mir niemand wirklich zu schätzen wußte.

»Rate mal«, sagte Edie, nachdem sie drei Tage lang nicht erreichbar gewesen war.

Meine Geduld bei Ratespielen war gering. »Ich will nicht raten. Ich hasse es zu raten.«

»Ich werde heiraten.« Das sagte Edie atemlos, wie auswendig gelernt.

»Irgend jemand Bestimmten?« fragte ich.

»Gerald. Was meintest du denn?«

»Ich weiß nicht. Ich habe seit Tagen nicht mehr mit dir geredet. Es könnte jeder sein.«

»Wir werden so bald wie möglich heiraten. Findest du das nicht aufregend?«

»Ich bin ganz außer mir vor Freude«, sagte ich. An einer Verlobung konnte man einen Tag lang seinen Spaß haben. Danach wurden Verlobungen langweilig. Edie würde ihrer überdrüssig werden. Aber immerhin hatte man an diesem Tag einen Grund, Champagner zu trinken.

Ich schlug vor, Champale zu besorgen, dieses rosa Gesöff, das genauso lächerlich war wie Edies Plan, zu heiraten und Ehefrau zu werden.

»Nein. Richtigen Champagner«, sagte Edie, und sie kam mit einer Flasche Moët.

Am nächsten Abend hätten wir wieder Champagner trinken sollen. Um auf die Auflösung von Edies Verlobung anzustoßen. Wir hätten uns zuprosten können: »Auf den Wie-heißt-er-noch. Auf gebrochene Verlöbnisse. Auf uns Mädchen.« Aber es kam nicht dazu, weil Edie schon etwas anderes geplant hatte. »Du wirst am Abend mit Gerald und mir essen gehen. Wir drei werden zusammen essen gehen. Meine Monarose muß den Mann, den ich heirate, gutheißen.«

Eines Tages würde Edie heiraten. Das wußte ich. Auf einem Flug nach Mekka würde sie einen saudi-arabischen Scheich treffen. Während einer kleinen Luftturbulenz würde er die Frage aufwerfen, und Edie würde antworten: »Ja, ja. Ich will bis zum Ende meiner Tage in einem Harem leben.« Aus ihrem Zelt am Rande einer Oase würde Edie mir lange Briefe schreiben und sie hinausschmuggeln lassen, indem sie Beduinenbuben ein paar Münzen als Bestechungsgeld hinwarf. In den Briefen wären Schnappschüsse von ihr in mitternachtsblauen Chiffon-Hosen. Und schließlich würde ohne Zweifel der Tag kommen, an dem sie von Fingerglöckchen die Nase voll hatte. Aus einem Liegestuhl beim Swimmingpool würde sie, eine Feige im Mund, ein Telegramm senden: ICH HAU HIER AB STOP BRAUCHE BARES STOP EDIE.

Selbst wenn sie Boris geheiratet hätte und nun in einer Wohnung am Roten Platz wohnte, wäre sie immer noch meine Edie. Und hätte sie George geheiratet und lebte mit ihm unter einer seiner Adressen, die es nicht gibt, hätten wir uns nicht aus den Augen verloren.

Geralds Stuhl stand direkt neben dem von Edie, so daß sie sich an der Hüfte berührten. Wie aus einem Guß. Siamesische Zwillinge der Liebe. Er hatte einen Arm um sie gelegt und schien sie nur ungern loszulassen. Doch er stand auf und streckte die Hand aus. »Geraldo«, stellte er sich vor, als wäre er so ein smarter Jüngling aus Buenos Aires. »Nun«, Gerald setzte sich wieder hin, den Arm so wie vorher, »erzählen Sie mir doch ein wenig von sich.« Als hätte er noch nie etwas von mir gehört.

»Was wissen Sie noch nicht?« fragte ich.

»Ich weiß überhaupt nichts über Sie. Womit verdienen Sie Ihr Geld?«

»Hat Edie Ihnen das nicht erzählt? Wir machen so dies und das. Nichts Ernsthaftes.«

Er machte tss, tss, tss. »Meinen Sie nicht, daß es Zeit ist, etwas Ernsthaftes anzufangen?«

»Wann ist es Zeit, ernsthaft zu werden? Wenn der große Zeiger auf der Acht steht und der kleine auf die Zwölf zugeht?«

»Man muß die Dinge ernsthaft betreiben, sonst wird man gefressen.« Gerald hielt mir einen aufmunternden Vortrag, wie man ihn auf einem Seminar für Gebrauchtwagenhändler zu hören bekommt. »Wettbewerb ist alles.«

»Wir sind bisher gut zurechtgekommen.« Ich schaute bestätigungsheischend zu Edie hinüber, doch Edie war gerade damit beschäftigt, die letzten Reste ihres Drinks zu vernichten.

»Irgendwann«, fuhr Gerald fort, »muß man Verantwortung übernehmen. Eine Ehe zum Beispiel. Jetzt muß ich zum Beispiel für zwei sorgen. Nicht wahr, Liebling?« Er unterstrich seine Frage mit einem leichten Kneifen in Edies Arm. »Nun, Mona, vielleicht kann ich Ihnen weiterhelfen. Ihnen eine Möglichkeit verschaffen.«

Die einzige Möglichkeit, die mich reizte, war die, diesem Essen zu entkommen. Die Alternative war, mich völlig zu betrinken, in der Hoffnung, mich an nichts mehr zu erinnern, wenn ich am nächsten Morgen aufwachte. Ich winkte dem Kellner, und Gerald bestellte eine weitere

Runde für Edie und sich. »Und geben Sie der Freundin meiner Fiancée, was sie möchte.«

»Wodka mit Soda«, sagte ich.

»Fiancée«, schwärmte Edie. »Klingt das nicht toll?«

»Es klingt französisch.«

»Es ist französisch«, ließ Gerald mich wissen.

Unsere Getränke kamen, und Edie und ich griffen hastig danach und tranken in großen Schlucken. Gerald bestellte für sich Filet Mignon. »Meine Verlobte wird die gefüllten Garnelen nehmen.«

»Ich liebe Garnelen.« Edie sagte auch etwas.

Ich bestellte noch einen Drink.

Edie mußte schon früher einmal das Vergnügen gehabt haben, den Monolog zu hören, den Gerald für mich vom Stapel ließ. Sie verschmolz mit der Tapete und war ganz still, während Gerald mit vollem Mund ununterbrochen redete. »Im Moment koordiniere ich gerade die Ausstellung eines recht bedeutenden Museums. Ich darf nicht verraten, welches. Aber es ist nicht unbedeutend.«

»Mir war nicht bewußt, daß Museumsausstellungen strengster Geheimhaltung unterliegen«, sagte ich.

»Ach, es gibt keine schönere Aufgabe, als große Kunstwerke zueinanderzubringen. Am liebsten würde ich es hauptberuflich machen, nur entspricht das Gehalt nicht meinen Ansprüchen.« Gerald spielte an Edie herum, als wäre sie ein Accessoire. So wie man über die Fransen eines Schals streicht oder geistesabwesend eine Haarsträhne zwischen den Fingern zwirbelt. »Meine eigentlichen Einkünfte werde ich aus der Show beziehen, die ich selbst produziere. Broadway.«

Einmal las ich einen Zeitungsbericht über eine Obdachlose, die zu »A & P« ging und sich Steaks in den Ausschnitt schob. Als sie geschnappt wurde, wollte keiner ihrer Behauptung glauben, sie sei hungrig gewesen – weil sie hochwertige Nahrungsmittel gestohlen hatte. Als könne ein Hungernder nur Mortadella und ein Stück »Velveeta«-Käse stehlen. Doch wenn man Essen stehlen muß, um satt zu werden, warum dann nicht das beste Essen stehlen? Und wenn man schon lügt, dann kann man auch echte Knüller erzählen.

»Und?« fragte ich Gerald, »wovon handelt Ihr Broadwaystück?«

»Es ist ein Musical. Auf der Grundlage eines Cartoons.« Er nannte eine Comicserie aus der Sonntagszeitung.

»Gab es das nicht schon mal?«

»Ist er nicht genial?« Edie erwachte aus ihrer Trance. »Ich habe dir ja gesagt, er ist ein Genie.« Und schon war sie wieder weg.

»Ho«, kicherte er, »bald bin ich ein sehr reicher Mann. Edie wird nicht arbeiten müssen.«

»Ist ja unglaublich.« Ich wies ihn darauf hin, daß Edie auch gegenwärtig kaum arbeitete.

»Aber schauen Sie doch, wie sie lebt«, sagte dieser Idiot. »Sie hat nichts.«

»Das stimmt doch gar nicht. Sie hat viel.«

»Im Vergleich zu wem? Den Verelendeten? Den Obdachlosen? Als erstes sorge ich dafür, daß sie verdammt noch mal aus diesem Viertel rauskommt. Ich lasse nicht zu, daß meine Frau in einem Slum lebt.«

»In diesem Slum leben auch Sie«, erinnerte ich ihn.

»Ich mußte da wohnen. Ich hatte mit Gewerkschaftsarbeit zu tun. Ich mußte diese Menschen kennenlernen. Ihr Vertrauen gewinnen. Das kann einem nur von innen heraus gelingen.«

»Ein Revolutionär mit Dollars in der Tasche. Könnte irgend jemand vollkommener für mich sein?« Edie lallte mit schwerer Zunge.

»Sobald ich mein Gewerkschaftsprojekt abgeschlossen habe, ziehen wir da weg. Ich habe eine nette Wohnung in der Nähe des Parks im Auge. Sieben Zimmer, Pförtner, Whirlpool. Meine Frau soll nur das Beste bekommen. Was sie will, wissen Sie? Diamanten. Pelze. Ich werde mit ihr an Orte reisen, die sie nicht einmal im Traum zu sehen gehofft hat.«

»Edie war schon überall, wo es sich hinzugehen lohnt. Edie«, fragte ich, »hast du ihm nicht deine Karte gezeigt?«

Edie lenkte die Aufmerksamkeit des Kellners auf sich und deutete auf ihr Glas.

»Hach«, Gerald verschränkte die Arme vor der Brust. »Ich kann es gar nicht abwarten, diese Frau zu heiraten. Ich wünschte, es wäre schon morgen soweit.«

»O Monarose. Findest du das nicht herrlich, ein Mann, der die Gelegenheit beim Schopfe packt, der es einfach angeht?«

»Nicht, wenn er sich mit heißer Luft umgibt«, murmelte ich.

Edie lachte, fast hysterisch. »Ist sie nicht komisch, Gerald?«

»Edie«, fragte ich, »beim wievielten Glas bist du inzwischen?«

»Hey, wer sind Sie? Ihre Mutter?« Gerald sagte, Edie

gehe es bestens. »Lassen Sie sie in Ruhe. Lassen Sie sie trinken, was sie möchte.«

»Bestens. Es könnte gar nicht besser gehen«, hickste Edie.

Als die Rechnung kam, schaute Gerald auf die Uhr. »Oh, ich muß meinen Anwalt anrufen.« Er entschuldigte sich und ging zur Herrentoilette. Wir sollten glauben, er telefoniere.

»Seinen Anwalt?« Ich zog die Augenbrauen hoch. »Ich dachte, zu dieser späten Stunde ruft man seinen Anwalt nur an, wenn man gerade verhaftet worden ist.«

»Oh, er telefoniert ständig mit diesem Anwalt. Wichtige Geschäfte.« Edie schwankte ein wenig auf ihrem Sitz. »Es ist einfach goldig. So arbeitet ein Entrepreneur.«

»So arbeitet ein Hochstapler.«

»Oh, das stimmt, nicht wahr? Wie himmlisch! Mein Mann, der Hochstapler. Das wäre ein Knüller, stimmt's?«

»Nicht lange«, sagte ich. »Und nicht, wenn du diejenige bist, die er damit reinlegt.« Als wenn man Edie hätte reinlegen können.

Gerald kam von der Toilette zurück und stellte fest, daß die Rechnung noch immer unberührt auf dem Teller lag. Er nahm sie und studierte sie mit ernster Miene. »Wollen wir mal sehen, Mona. Die Hälfte beläuft sich auf ... «

»Mein Drittel, wollen Sie sagen.« Kleinliches Diskutieren bei Restaurantrechnungen war nicht mein Stil. Ich fühlte mich unbehaglich dabei, würde aber nicht zulassen, daß er mich über den Tisch zog.

»Eines sollten Sie sich merken«, sagte er. »In der Welt der Hochfinanz ist es peinlich, sich mit ein paar Dollars aufzuhalten.«

»Ich lasse nicht zu, daß mein zukünftiger Ehemann und meine Monarose sich über eine Rechnung streiten.« Edie legte ihre Visa Card auf den Teller. Gerald reichte das Ganze dem Kellner.

Ich hatte mir gerade einen Kaffee aufgegossen, als Edie anrief. Sie wollte meine Meinung über Gerald hören.

»Du mußt einen Mordskater haben.« Ich wich der Frage aus.

»Was hältst du von ihm?« fragte Edie nochmals.

»Schwer zu sagen.« Meine Stimme klang belegt. »Was kann man schon nach der ersten Begegnung sagen?«

»Komm schon, Monarose. Sonst bist du doch auch nicht zimperlich mit schnellen Urteilen. Mochtest du ihn oder nicht?«

Sollte Edie Gerald auf mein Urteil hin fallenlassen, würde sie Zweifel wie kleine Schrotkörner mit sich herumtragen. Keine sehr gefährliche Munition, aber sie konnte unter die Haut gehen. »Er schien mir in Ordnung«, log ich.

»Ich möchte die Wahrheit hören.« Edie klang ernst.

»Wirklich. Ich mochte ihn.«

»Nicht wirklich, Monarose. Ich will die Wahrheit. Ich werde ihn heiraten, aber ich muß wissen, was du von ihm hältst. Mochtest du ihn jetzt also oder nicht?«

»Nein«, sagte ich.

»Das hab' ich mir gedacht.«

Nach einer Pause stellte Edie noch eine Frage: »Glaubst du, daß er mich liebt?«

Ich nahm an, Edie suche nach einem Schlupfloch, das Hintertürchen, das ich für sie öffnen sollte. Mit der Absicht, ihr zu helfen, sagte ich: »Nein, er liebt dich nicht. Er weiß nicht einmal, wer du bist.«

»Ich verstehe«, sagte sie, plötzlich kühl geworden. Ein Mädchen sollte nicht nach der Wahrheit fragen, wenn sie sie in Wirklichkeit nicht hören möchte.

»Was verstehst du?« fragte ich.

»Ich verstehe«, wiederholte sie, doch mehr sagte sie nicht. Sie hängte aber auch nicht auf. Sie ließ mich am Hörer in der Luft zappeln, ein sehr beunruhigender Aufenthaltsort. »Hör auf, Edie«, sagte ich. »Schlag mir die Hand ab, oder schneid mir die Zunge raus.« Ich votierte für eine schnelle Strafe. »Aber trag es mir nicht nach. Es tut mir leid, wenn das nicht die Wahrheit war, die du hören wolltest, aber es ist die einzige, die ich kenne.«

Als Werner Edie anrief und sagte: »Ich möchte dich sehen. Ich fliege am siebenundzwanzigsten«, antwortete Edie: »Was für ein Zufall. Ich heirate am siebenundzwanzigsten.« Dann legte sie auf.

Werner rief nicht wieder an, aber er schickte ihr eine Schachtel Pralinen und legte einen Brief bei.

»Was stand in dem Brief?« fragte ich.

»Das ist jetzt nicht mehr wichtig«, sagte Edie. »Irgend so ein Quatsch. Er denkt, er kann mich mit ein paar Bonbons zurückgewinnen.«

»Aber du hast den Kraut geliebt. Du kannst ihn nicht plötzlich nicht mehr lieben, nur weil du dich verlobt hast.«

»Wen ich liebe, ist bedeutungslos. Wer *mich* liebt, das ist es, was zählt.« Edie weigerte sich, darüber noch weiter zu diskutieren. Mir blieb nur übrig, so zu tun, als gäbe es Gerald und die Schwierigkeiten, die er verursachte, gar nicht. »Trink deinen Kaffee aus«, sagte ich. »Laß uns die Jungs mal für einen Moment vergessen. Geh'n wir zusammen Mittag essen.«

»Ich muß leider absagen«, lehnte Edie meine Einladung ab. »Gerald ist bald da. Wir haben eine Menge zu tun.«

»Was zum Beispiel?« fragte ich. Es gab niemals etwas, was Edie tun *mußte*.

»Ich heirate.« Sie empfand den Drang, mich daran zu erinnern.

»Also gut, du heiratest. Du erledigst das Aufgebot. Du gehst zum Standesamt. Der ganze Quatsch dauert keine Stunde.«

»Ich werde eine Hochzeitsfeier abhalten«, erklärte Edie.

»Eine Hochzeitsfeier? Mit einer Trauzeremonie, einer Party, Hyazinthen und mieser Musik?« Ich machte keinen Versuch, mein Entsetzen zu verbergen.

»Das haben wir so beschlossen«, sagte Edie.

»Wann?« fragte ich. »Wann haben wir das beschlossen? Wir haben so etwas überhaupt nicht beschlossen.«

»Gerald und ich wollen eine Hochzeit. Keine riesige Hochzeit. Eine kleine, einen festlichen Nachmittag. Geschmackvoll.«

»Geschmackvoll« und »Hochzeit« geht von vornherein nicht zusammen. Selbst auf elegant wirkenden Hochzeiten gibt es immer irgendein geschmackloses Detail. Streichholzheftchen, zum Beispiel, auf denen die Namen von Braut und Bräutigam eingeprägt sind, als wäre das glückliche Paar ein Motel oder eine Fahrschule.

»Du wolltest nie eine Hochzeit«, bemerkte ich. »Du hast immer gesagt, du läßt dich entführen.«

»Na gut, ich habe meine Meinung geändert«, sagte Edie. »Und ich sage dir, es wird der denkwürdigste Tag meines Lebens.«

»Schluß jetzt damit. Du hattest Unmengen denkwürdigster Tage.«

»Nicht solche wie diesen. Nicht wie meinen Hochzeitstag. Gerald möchte, daß ich meinen Festtag als Braut bekomme.«

Gerald muß Visionen von Umschlägen gehabt haben, Umschlägen voll Geld. »Wie großzügig von ihm.«

»Ich möchte eine Hochzeit«, sagte Edie, »damit ich den Tag in Erinnerung behalte.«

»Ja, sonst würdest du ihn glatt vergessen.«

»Ich dachte, du würdest mich verstehen, Monarose.«

»Das dachte ich auch«, sagte ich. »Ich dachte, ich verstehe alles. Ich dachte, ich sei diejenige, die dich vollständig versteht.« Ich fühlte Panik in mir hochsteigen, als glitte mir gerade etwas aus der Hand. »Aber eine Hochzeit verstehe ich nicht. Hochzeiten sind dämlich. Das hast du immer gesagt. Warum machst du nicht statt dessen eine Weltreise? Eine Weltreise würde ich verstehen.«

»Ich werde heiraten. Und ich werde eine Hochzeitsfeier abhalten.« Edie sprach jetzt mit ihrer leisen, bösen Stimme. »Verstehst du, Monarose?«

7. Hochzeitsvorbereitungen

Es gibt Leute, die, wenn etwas total schiefläuft, einfach so weitermachen wie zuvor. Es gibt Frauen, die jeden Morgen ein Gedeck auflegen, Kaffee einschenken und Cornflakes in eine Schale füllen für einen Mann, der schon lange mit einem siebzehnjährigen Go-Go-Girl weggelaufen ist. Man hat Schimpansenweibchen dabei beobachtet, wie sie ihr totes Junges wochenlang mit sich herumschleppen, es an ihrer Brust festhalten, als schliefe es nur. Und ich redete weiter so mit Edie, als wäre sie noch immer meine Edie, meine Freundin, während sie die Entscheidung zwischen Pergament und Bütten für ihre Einladungskarten traf.

»Verstehst du, was ich meine?« sagte sie. »Es ist eine unangenehme Situation.«

»Es tut mir leid, ich habe nicht zugehört«, erwiderte ich. »Ich habe gerade über das Papierdilemma nachgedacht.«

Edie erklärte mir noch einmal, ihre Tante Jackie habe ihr als Verlobungsgeschenk einen Toaster für zwei Brotscheiben geschickt. Doch damit ließe sich nichts anfangen. Geralds Sandwich würde kalt werden, während er darauf wartete, daß die Toastscheiben für Edies Sandwich heraussprangen. »Ich weiß nicht, was meine Tante sich dabei gedacht hat. Zwei-Scheiben-Toaster sind etwas für Singles. Was soll ich bloß machen?«

Ich führte diese Unterhaltung in meinem Sinne weiter, weil ich sie nicht als das akzeptieren konnte, was sie war. Ich antwortete auf die herkömmliche Art. »Nur angesichts von Widrigkeiten kann wahre Liebe existieren. Und ein Toaster ist keine Widrigkeit, es sei denn, man steckt eine Gabel in den Schlitz.«

»Hmmm«, grübelte Edie. »Ich glaube, ich nehme Bütten. Naturweißes Bütten.«

Edie nahm den Hörer ab und rief die Druckerei an, um ihre Bestellung für Einladungen auf naturweißem Bütten aufzugeben, und ich ging allein hinaus, war mir nicht einmal sicher, ob ich den Weg nach Hause finden würde. Ich war sehr verwirrt.

Du kanntest einmal ein Mädchen, und dieses Mädchen pflegte zu sagen: »*Kompromiß* ist das einzig obszöne Wort in der englischen Sprache.« Dieses Mädchen lebte nach dem Grundsatz, daß es nur eine einzige wirkliche Verfehlung gibt, nämlich die, seine Seele zu verkaufen. Doch dieses Mädchen, das sein Badezimmer mit Seifenschaum dekorierte, ist plötzlich ganz wild auf Handtücher mit aufgesticktem Monogramm. Was kann man da machen? Man ruft sie an und frischt ihr Gedächtnis auf. »Ich muß dir was sagen«, erklärte ich.

»Mach schnell.« Edie hatte einen Termin mit dem Partyservice. »Ich kann mich nicht entscheiden, ob ich die Krabben in Windbeuteln angerichtet oder als Krabbencocktail will. Was meinst du?«

Ich sagte, ich müsse mich wohl verwählt haben, und legte auf.

Du dachtest also, du kennst dieses Mädchen, aber vielleicht hattest du unrecht. Du erwartetest einen ganz individuellen Stil von ihr, doch plötzlich wollte sie davon nichts mehr wissen. Irgend so ein dahergelaufener Typ schlug ihr vor, die Ewigkeit mit ihm zu teilen, und von einer Sekunde auf die nächste kannst du dieses Mädchen nicht mehr von einer Heerschar anderer Mädchen unterscheiden.

Wie verwerflich ist es eigentlich, wenn jemand zusammen mit seiner eigenen noch eine weitere Seele ins Land am Nil verkauft?

»Du bist meine beste Freundin«, sagte Edie. »Ich möchte, daß du meine Trauzeugin wirst. Aber nur unter der Bedingung, daß du dich für mich freust. Ich möchte, daß du dich für mich freust, Mona.«

»Mona? Mona?« Ich war gekürzt worden wie ein Artikel im ›Reader's Digest‹. »Mona? Natürlich ist Mona ein schöner Name, es ist ein sehr schöner Name, aber Monarose ist eine Blume unter den Namen.«

»Hör auf«, sagte Edie.

Sie hatte recht. Es war jämmerlich. Ich hätte sie einfach Edith nennen sollen, und dann wäre ich mit ihr fertig gewesen. Aber wie konnte ich mit ihr fertig sein? Ich wollte mich nicht ohne Edie denken. Ich konnte mich nicht ohne Edie denken, und deshalb tat ich so, als gäbe ich nach. »Okay, okay«, sagte ich. »Ich freue mich für dich.«

Die Trauzeugin hatte nicht viel zu tun. Edie feierte nur eine kleine Hochzeit, und so blieb es mir erspart, den üblichen Geschenkeregen über die Braut niedergehen zu lassen. Ich mußte auch keine weißen Miniregenschirme aus Plastik mit Geleefrüchten füllen und als Partygeschenkchen verteilen. Da sie kein Brautkleid mit Schleier tragen würde, mußten wir nicht nachmittagelang auf nachgemachten Barockstühlen sitzen, während eine dralle Dame mit Nadeln im Mund Edie mit Stoff umhüllte, als präparierte sie sie für den Sarkophag. Tatsächlich wurde nichts weiter von mir verlangt, als Edie wegzugeben. Und mich – natürlich – darüber zu freuen.

Bei »Saks« fuhren wir mit der Rolltreppe nach oben. Edie forderte mich auf, nach weißseidenen Kleidern Ausschau zu halten.

»Weiß?« spottete ich.

»Ja. Das trägt eine Braut doch traditionellerweise.«

»Ja, davon habe ich gehört«, sagte ich.

»Ich möchte in einem weißen Seidenkleid getraut werden.«

»Warum heiratest du nicht in etwas Praktischem und Pflegeleichtem?« schlug ich vor. »Dann kannst du es immer wieder tragen.«

Wir verließen die Rolltreppe und gingen zu den Ständern mit Seidenkleidern, diesen nichtssagenden Kleidern, die von der Stange gekauft und mit einer schlichten Perlenkette getragen werden.

Bei der Wahl des Kleides war Edie wesentlich wählerischer als beim Aussuchen ihres Ehemannes. Zwei- bis dreimal probierte sie jedes weiße, naturweiße, elfenbeinfarbene und eierschalenfarbene Kleid an. Schließlich entschied sie sich für das elfenbeinfarbene mit tiefem runden Ausschnitt. Wir stellten uns an der Kasse an, und sie fragte noch einmal: »Bist du dir sicher, daß es nicht zu gewagt ist?«

»Ganz sicher.« Langweilig, vielleicht. Aber gewagt war dieses Kleid nun wirklich nicht. Ich drehte das Preisschildchen um und schnappte nach Luft. »Edie, das Kleid hier kostet soviel wie ein Flug nach Moskau.«

»Na und?« fragte sie. »Ein Mädchen heiratet nur einmal im Leben.«

Ich wollte wissen, seit wann.

Die Kassiererin schlug Edies Kleid in Seidenpapier ein. Edie schrieb einen Scheck aus. Ich schaute zu Boden. Teile einer grünen Marabu-Feder schwebten über den Teppich. Das brachte mich auf die Idee: Vielleicht war es Edie wirklich gelungen, per Astralprojektion in den Kreml zu gelangen, wie sie es früher vorgehabt hatte? Vielleicht hatte sie am Abend, bevor sie Gerald traf, die Reise nach drüben gemacht und den Rückweg nicht mehr gefunden? Und dann hatte irgendein ziellos umhertreibender Flaumfetzen die Gelegenheit genutzt und ihren Körper besetzt, so wie ein Einsiedlerkrebs in ein leeres Schneckengehäuse einzieht. Arme Edie, nun trieb sie durch die Luft, während der Flaumfetzen sich in ihrem Körper breitmachte und ihr Leben verpfuschte.

»Ein herrliches Kleid.« Die Frau an der Kasse gab Edie die Einkaufstüte.

»Danke«, sagte Edie. »Das wird mein Hochzeitskleid. Ich heirate demnächst.«

Edie wollte passende Schuhe zum Kleid. Schuhe befanden sich auf derselben Ebene wie Damenwäsche. Wir hatten eine Schwäche für Damenwäsche. Einmal, als ich mein Geld, das eigentlich für zwei Wochen hätte reichen müssen, für einen Hauch von Spitze ausgegeben hatte, hatte ich gejammert: »O Edie, was hab' ich da nur gemacht. Wie hübsch auch immer das ist, ich kann nicht davon leben.« Und Edie hatte geantwortet: »Sei nicht dumm. Natürlich kannst du davon leben. Etwas zu essen bekommt man immer. Nahrung für den Geist ist schwieriger zu finden.«

Während Edie Satinpumps anprobierte, machte ich mich zur Strumpfecke davon. Dort befingerte ich die Muster aus echter Seide. Seidenstrümpfe sind etwas Köstliches, wie ein kühler Lufthauch, der sanft über die Haut streicht. Wahnsinnig teuer, und nur selten überleben sie auch nur den Anlaß, zu dem man sie gekauft hat. Seidenstrümpfe schienen mir das perfekte Hochzeitsgeschenk für Edie zu sein. Für eine Konfektschale von »Waterford« würde sie keine Verwendung finden. Sie hatte auch noch alle Tassen im Schrank. Aber Seidenstrümpfe würden ihr gefallen. Ich ließ mir von der Kassiererin ein halbes Dutzend einpacken.

Ich fand Edie in einem Meer von Schuhschachteln wieder. »Für dich«, ich gab ihr das Päckchen. »Dein Hochzeitsgeschenk.«

Edie öffnete das Geschenk. »Strümpfe?« fragte sie.

»Echte Seidenstrümpfe«, bemerkte ich.

»Was ist das für ein Hochzeitsgeschenk?« fragte sie. »Man schenkt Porzellan, Glaswaren und Haushaltsgeräte. Das weißt du doch.«

»Nein«, sagte ich. »Mit so was kenne ich mich nicht aus.«

Nach dem Einkaufen kam ich auf eine Tasse Kaffee mit

in Edies Wohnung. Auf dem Tisch lag ein Stapel Reisekataloge. Ich nahm einen in die Hand und fragte: »Planst du eine Reise?«

»Ja«, sagte sie. »Die Hochzeitsreise.«

»Wie sinnig. Wohin?« Reflexartig wollte ich einen Blick auf ihre Karte werfen, die mit den roten Kringeln darauf. Sie war weg. Da, wo die Karte an der Wand festgepinnt gewesen war, steckten nur noch vier Reißzwecken auf abgerissenen Fetzen ozeanblauen Papiers. Die Stelle, wo einmal Edies Welt gewesen war, war heller als die Wand drum herum, als hätte ein Lichtstrahl das Rechteck gebleicht.

Edie und Gerald würden ihre Hochzeitsreise in die Pocono-Berge machen. Das klang ein bißchen mehr nach meiner Edie, diese Entscheidung, ihren Honeymoon in ein geschmackloses Motel mit Stuckverzierungen zu legen, mit Massagebett, rosa Badewanne in Herzform und Pornofilmen im Fernsehen.

»Nicht diese Art Etablissement.« Edie sagte, ich hätte alles falsch verstanden. »Wir übernachten in einem Landgasthof.«

»O Edie«, flehte ich, »warum entscheidest du dich nicht für den Spiegel in der Decke und die Kalte Ente im Kühlschrank?« Ich wollte, daß sie das Ganze als Scherz sah, wollte es unbedingt. »Ich würde es jedenfalls so machen«, forderte ich sie heraus.

»Aber ich bin nicht du«, sagte Edie. »Und du bist nicht ich.«

Das war nicht ganz richtig. Sie vergaß, daß ich, als wir uns kennengelernt hatten, ein unbeschriebenes Blatt gewesen war, eine weiße Leinwand, die sie mit vielen Farben bemalt hatte. In gewisser Weise hatte sie mich geschaffen. Wir waren so sehr eins wie ein Künstler und sein Kunstwerk.

Wenn Edie schon unbedingt eine Hochzeit feiern wollte, dann hätte sie auch aufs Ganze gehen können, mit Pferdekutsche, Kopfputz und Dutzenden von Brautjungfern. Sie hätte einen Feenhut mit Chiffon-Schleier aufsetzen können. Oder sie hätte sich von einem stadtbekannten Trunkenbold als Friedensrichter in einem Schweinestall trauen lassen können. In beiden Fällen hätte ich gesagt: »Na ja, ihr kennt ja Edie.« Statt dessen entschied sie sich dafür, die Trauung in der Kapelle der Vereinten Nationen stattfinden zu lassen. Fast jeder hat irgendwelche Verwandte, die dort geheiratet haben. Es ist der Ort, wo man heiratet, wenn der Botanische Garten schon ausgebucht ist. Unsere verflossene Schwärmerei für die Vereinten Nationen hatte mit Spionage zu tun gehabt, mit heimlichen Liebschaften und Außenpolitik – und nichts mit dem gutgemeinten Allerweltskitsch, für den diese Kirche stand.

»Es ist eine hübsche Kapelle«, sagte Edie. »Unitarisch.«

»Unitarisch?« Edie war nicht unitarisch.

»Wir nehmen die Zeremonie Nummer vier«, erzählte sie. Man hatte ihnen sechs Zeremonien zur Auswahl vorgelegt, verschiedene Gedichte und Zitate, wie ein Menü, dessen Gänge man selbst zusammenstellen kann, einen aus Spalte A und zwei aus Spalte B.

»Das klingt wie ein Fernsehquiz«, bemerkte ich. »Was steht hinter Zeremonie Nummer zwei? Wenn man sich bei den Worten, die man hersagen muß, vertut, spritzt einem der Priester dann Selterswasser ins Gesicht? Kann man Bares gewinnen und einen Samsonite-Koffer?«

»Laß den Quatsch.« Edie verbiß sich den Ansatz eines Lächelns. »Es ist keine gräßliche Zeremonie. Ein paar«, vertraute sie mir an, »waren wirklich lächerlich.«

Die Kellnerin brachte unseren Kaffee, und als sie wieder weg war, fragte ich Edie: »Du ziehst die Sache doch nicht wirklich bis zum Ende durch, oder? Das ist doch nur ein übler Scherz, oder?«

»Jemand liebt mich genug, um mich zu heiraten. Also heirate ich ihn. Das ist kein Scherz, Mona.«

Ich ließ Edie wissen, daß sie mich nicht zum Narren halten konnte. »Du führst etwas im Schilde. Das kann ich spüren.« Wahrscheinlich kam darin eher Hoffnung zum Ausdruck als Intuition.

Edie zuckte die Schultern. »Vielleicht führe ich etwas im Schilde. Aber vielleicht auch nicht. Niemand kann wirklich in die Zukunft sehen, oder?«

Ich ging nicht auf Edies Seitenhieb ein. »Komm schon, erklär mir deinen Plan«, bat ich. »Vielleicht kann ich dir helfen.«

»Du kannst mir nicht helfen, weil es keinen Plan gibt. Vielleicht weiß ich nicht, was die Zukunft für mich bereithält, aber diese Hochzeit ziehe ich durch. Ich werde Gerald heiraten. Ich beginne, mich einzugliedern.«

»Die Quadratur des Kreises«, lachte ich.

Edie lachte nicht mit. »Ich bin es leid«, sagte sie. »Ich will das haben, was die anderen Mädchen haben. Ich wollte immer das haben, was die anderen Mädchen hatten, nur wußte ich nie, wie ich es kriegen sollte. Als ich dich kennenlernte«, sagte sie, »wollte ich einfach wie du sein. Ganz normal. Ich hatte gehofft, du würdest es mir beibringen. Aber das hast du nicht.«

»Das wolltest du nicht, Edie. Du hast es verachtet. Du hast es immer verachtet.«

»Ich werde Gerald heiraten«, wiederholte sie.

»Warum? Sag mir, warum, Edie?« Vielleicht bettelte ich, aber ich konnte nicht anders. Es war, als schaute ich zu, wie sie kapitulierte. Nein, schlimmer. Ich schaute zu, wie sie sich die Liebe abgewöhnte.

»Ich will einen Ehemann«, sagte sie. »Ich will Sicherheit, und ich will glücklich sein. Ich will einfach so sein wie alle anderen.«

»Du wirst nie so sein wie alle anderen. Du bist zu gut dafür.«

»Ich will nicht zu gut sein«, sagte Edie. »Ich will genauso sein.«

»Du kannst nicht genauso sein. Du bist anders«, beharrte ich.

»Ich kann so sein, wie ich will, Mona. Und auf jeden Fall will ich nicht mehr zu deiner Unterhaltung da sein. Ich habe es satt, eine Quelle deines Vergnügens zu sein.«

»Ach?« Jetzt war ich empört. »Eine Quelle des Vergnügens, hm? Jetzt will ich dir mal was sagen, Edie. Du bist nicht immer vergnüglich. Oder unterhaltsam. Manchmal bist du schwer zu ertragen. Anspruchsvoll. Schwierig. Manchmal wollte ich dich am liebsten schütteln, weil ...« Ich kam nicht dazu, ihr zu erzählen, daß es gelegentlich anstrengend war, ein Leben zu führen, als spiele man eine Hauptrolle in einer ausgefallenen Bühnenproduktion mit Schlangentänzerinnen und Jongleuren, ohne daß je der Vorhang fiel. Daß ich mir gelegentlich die Hände schmutzig machte, wenn ich hinter ihr herräumte. Daß es Zeiten gab, wo ich mich auf festem Boden niederlassen und »Hör auf!« schreien wollte. Aber all das zusammengenommen belief sich auf ein Nichts, wenn ich dagegenhielt, wie glücklich ich war, wie wunderschön es war.

Aber so weit ließ Edie mich nicht kommen. »Gut«, sagte sie. »Dann bist du genauso erleichtert wie ich, daß es damit jetzt vorbei ist.«

»Ich bin immer auf deiner Seite gewesen. Bei allem. Ich stecke in deiner ganzen Geschichte mit drin.«

»Du hast nichts, aber auch gar nichts getan, was du nicht tun wolltest. Sieh den Tatsachen ins Auge, Mona. So sehr, wie ich du sein wollte, wolltest du ich sein. Und du hast bekommen, was du wolltest – ich nicht.«

»Du machst einen großen Fehler.« Ich streckte die Hand aus, um sie zurückzuhalten.

»Hör auf, mein Leben kaputtzumachen.« Edie warf etwas Geld auf den Tisch, und dann war sie weg.

Ich hatte keine Lust, nach Hause zu gehen. Also beschloß ich, in der 23rd Street Fawn zu besuchen. Fawn hatte ich kennengelernt, als ich als Assistentin eines Fotografen arbeitete. Nach sieben Wochen schmiß ich den Job. Teenies die Nase zu pudern, damit ihr Foto im Jahrbuch ihrer High-School gut aussah, war nicht so reizvoll, wie ich es mir vorgestellt hatte. Fawn war für die Beleuchtung zuständig.

Ganz begeistert, daß ich vorbeikam, zog Fawn mich in die Wohnung. Sie wuselte herum, um es mir angenehm zu machen. Während sie ein paar Erfrischungen zurechtmachte, blätterte ich durch eine Zeitschrift und erwähnte dabei, ich sei nicht ganz auf der Höhe. »Edie hat mich ziemlich mies behandelt.«

Fawn goß koffeinfreien Tee in henkellose Becher. »Ach, Edie. Wirklich, Mona, das ist das Beste, was dir passieren konnte. Ich weiß nicht, ob dir das klar ist, aber Edie ist kein besonders netter Mensch.«

Ich schüttelte den Kopf. »Du kennst sie nicht richtig, Fawn.«

»Offen gesagt«, Fawn schlürfte an ihrem Tee. »Schon als ich sie das erste Mal sah, habe ich sie sofort durchschaut.«

Offen gesagt, Fawn konnte noch nicht einmal durch Luft hindurchschauen.

Sie reichte mir einen Teller mit Riementangasche oder Sägemehl und erklärte mir, meine Freundschaft mit Edie basiere auf blinder Loyalität. »Loyalität ist ja sehr bewundernswert, aber manchmal ist es auch zuviel des Guten.«

»Nein«, widersprach ich. »Es gibt nie zuviel, wenn es gut ist.« Noch unbefriedigender als Fawns Versuch, mich zu verstehen, war mein Versuch, mich ihr verständlich zu machen. »Schau, wenn ich mit Edie zusammen bin, wird das Langweiligste zum Spektakel. Was früher banal war, ist dann außergewöhnlich, einfach weil sie es sagt.«

Fawn war entsetzt. »Du glaubst alles, was sie sagt? Hör mal, Mona, dafür bist du zu klug.«

»Ich glaube alles, was Edie sagt, weil alles, was unwirklich ist, durch sie wirklich wird.« So wie ich durch sie glaubte, ich sei rätselhaft und bezaubernd, während ich in Wirklichkeit nichts Besonderes war.

»Willst du damit sagen, wenn Edie dir erklärte, man könne gefahrlos vom Empire State Building herunterspringen, dann würdest du es glauben?«

»Ja«, sagte ich, »denn wenn Edie und ich vom Empire State Building heruntersprängen, würden unsere Fallschirme sich öffnen, und wir würden lässig zu Boden gleiten.«

»Ich kann dir nicht so ganz folgen.« Fawn hatte den gleichen Gesichtsausdruck wie ein Spatz, der in den Schornstein geraten ist und sich plötzlich in einem Wohnzimmer wiederfindet.

»Schau, Fawn, bevor ich Edie kennenlernte, hatte ich Angst vorm Leben. Ich war ein ängstliches, schüchternes, nettes Mädchen.«

»Ja«, sagte Fawn herzlich. »Und das könntest du auch wieder sein. Ohne Edie bist du wirklich nett.«

»Ich will nicht wirklich nett sein. Ich wollte noch nie wirklich nett sein. Nur hatte ich nie den Mut, die Kühnheit, den Nerv, etwas anderes als ein nettes Mädchen zu sein, dessen Leben genau vorgezeichnet ist. Edie hat mir den Mut gegeben, den Pfad zu verlassen und nach Lust und Laune herumzuziehen, ein außerordentliches Mädchen zu sein, das ein ungewöhnliches Leben führt.«

Fawn zuckte beim Wort *Mädchen* zusammen. »Frau«, sagte sie. »Wir sind Frauen. Keine Mädchen.«

»O Fawn. Bitte versuch zu verstehen, was es bedeutet, wenn jede belanglose Handlung etwas Wunderbares wird, einfach nur, weil man es so will.«

»Aber das ist eine Täuschung. So ist das Leben nicht«, weihte Fawn mich in eine ihrer empirischen Wahrheiten ein.

»Ich weiß, daß es eine Täuschung ist«, sagte ich. »Das ist ja gerade das Schöne daran.«

Alle traurigen Geschichten handeln von verlorenen Illusionen. Verlorene Illusionen sind nicht das gleiche wie Verletzungen. Wenn man eine Wunde geschlagen bekommt, erholt man sich wieder. Besonders wenn man jung ist. Junge Menschen sind unverwüstlich. Wenn man aber eine Illusion verloren hat, dann ist sie endgültig weg. Jungsein ändert nichts daran, denn ohne die Illusion ist es damit vorbei.

»Bitte weine nicht«, sagte Fawn sanft.

»Ich weine gar nicht.«

»Mona, du bist unrealistisch.«

»Ja. Dafür hatte ich mich entschieden. Ich hatte die Wahl. Ich wollte nicht realistisch sein, solange ich die Möglichkeit zum anderen hatte.«

Fawn wollte mir etwas Aufmunterndes sagen und ergriff meine Hand: »Ich versuche es, wenn du möchtest. Wenn du mir sagst, was ich tun und sagen soll, will ich versuchen, mit dir zusammen unrealistisch zu sein.«

Fawn wartete darauf, daß ich ihr nun Schritt für Schritt erklärte, wie man aus Nichtigkeiten etwas Fantastisches erschuf, während mir schneidend bewußt wurde, daß Edie unersetzlich war.

Vielleicht war die Schachtel Konfekt ein klägliches Geschenk gewesen, doch wenn ein Mann in letzter Sekunde handelt, dann meint er es ernst. Mit Werners Hilfe ließ sich diese Hochzeit noch stoppen. Er würde alles Notwendige tun, wenn ich es ihm nur befahl. Wenn die Deutschen für irgend etwas berühmt sind, dann dafür, daß sie tun, was man ihnen sagt. Außerdem liebte er sie.

Ich drückte dem Pförtner fünf Dollar in die Hand und bat ihn, er möge doch so freundlich sein und mir ein Taxi besorgen. Jetzt, so kurz vor der Rush-hour, verschaffte mir das gute zehn Minuten, Werner zu suchen.

Da »mein Kraut« Edie zur Identifikation genügt hatte, kannte ich Werners Nachnamen nicht und suchte daher die Briefkästen nach deutsch klingenden Namen ab. In 2B gab es einen Schmitt, und einen Kreuzner in 7E. Ich betrat den Lift und drückte die Sieben. Ich kannte eine Familie Schmitt. Die kam aus Cleveland.

Apartment E lag am Ende des Korridors. Ich läutete an der Tür. Ich hatte mir nichts zurechtgelegt. Ich nahm an, der Kraut und ich würden einen Blick tauschen und eine allen Menschen verständliche Sprache sprechen. Vielleicht würde er weinen. Ich würde ihm sagen, er solle sich zusammenreißen und seine Schuhe putzen. Wir hätten etwas zu erledigen.

Ingrid öffnete die Tür. Sie trug enge Jeans und ein *New York New York*-Sweatshirt. Ich schaute an ihr vorbei und sah Stapel von Umzugskartons, nach Größen geordnet.

Jetzt sank mir der Mut. Schon wollte ich sagen, ich hätte mich in der Wohnung geirrt, da rief Werner: »Who is zere, Ingrid, wer ist da?«

»Einwanderungsbehörde«, stieß ich hervor. »Ich muß Mr. Kreuzner sprechen. Mr. Werner Kreuzner.«

Ingrid betrachtete mich mißtrauisch. Werner trat auf die Schwelle und erblaßte. »Mr. Kreuzner«, ich versuchte, amtlich zu klingen. »Ich komme von der Einwanderungsbehörde. Ich muß mit Ihnen sprechen. Unter vier Augen.«

Zögernd gestattete Ingrid Werner, an ihr vorbei aus der Wohnung zu treten. Er zog die Tür hinter sich zu. »Vas machen Sie hier? Das ist nicht gut.«

»Sie haben verdammt noch mal recht, daß das nicht gut ist. Ja oder nein, Werner, lieben Sie Edie oder nicht?«

»Ja, aber ... «

»Kein aber. Wenn Sie sie lieben, müssen Sie handeln. Tun Sie etwas Großes. Ändern Sie Ihre Pläne. Kündigen Sie Ihre Stelle. Bleiben Sie hier. Wir können nicht zulassen, daß sie diese Heirat durchzieht.«

»Edie ist eine erwachsene Frau.«

»Nein, das ist sie nicht. Sie heiratet aus Trotz. Edie liebt Sie. Und Sie lieben Edie. Kommen Sie mit. Erklären Sie sich und Ihre Absichten.«

Werner schüttelte den Kopf. »Mona, meine Absichten bestehen darin, in meine Wohnung zurückzugehen und fertig zu packen.«

»Aber Sie lieben sie.«

»Ich habe noch eine Menge zu erledigen.«

Ich drückte mich lange genug herum, um zu hören, wie er Ingrid erklärte: »Nichts. Es war nichts.«

Der Pförtner stand noch immer an der Ecke und versuchte, mir ein Taxi herbeizuwinken. »Vergessen Sie's«, meinte ich. »Es hat keinen Sinn mehr.«

Nachdem ich sechs Stunden lang die Zimmerdecke angestarrt hatte, ging ich nach draußen, um mir ein Päckchen Zigaretten zu kaufen. Als ich zurückkam, klingelte das Telefon. Als hätte ich ihn durch kosmische Strahlung herbeizitiert, war George am Apparat. »Du hast meinen Ruf vernommen«, sagte ich, weil ich wollte, daß es ein reines Wunder war.

George stellte sich dumm und behauptete, er habe nur angerufen, um mal wieder von sich hören zu lassen. »Ich bin für ein paar Wochen hier. Ich wollte vorschlagen, daß wir uns mal treffen.«

»O ja, sicher. Ausgerechnet in dieser Woche aller Wochen kommst du zufällig vorbei. Jahre vergehen, nicht einmal eine Postkarte von dir, und jetzt bist du plötzlich in der Stadt.«

»Gibt es etwas, von dem ich wissen sollte?« George tat noch immer, als wisse er von nichts. Ich spielte mit. Allerdings gab ich nur eine knappe Erklärung, da ich sie für überflüssig hielt; auf telepathischem Wege war er ja bereits informiert. »Du wirst sie aufhalten, nicht wahr? Darum bist du gekommen.«

George fragte mich, ob ich je versucht hätte, einen Güterzug mit dem Fuß aufzuhalten.

»Sie hat dich geliebt, George. Sie hat dich sehr geliebt. Sie würde dich wieder lieben. Heirate sie, George. Bitte, heirate sie.«

»Eher würde ich eine Tarantel heiraten«, sagte George.

»Hilf mir, sie aufzuhalten«, flehte ich. »Bitte. Denk dir etwas aus. Ich möchte Edie nicht verlieren.«

»Was mir völlig unverständlich ist.« Aber George versprach mir, sich etwas einfallen zu lassen. »Verabrede dich mit ihr für morgen abend zum Essen. Aber auf keinen Fall, ich wiederhole, *auf keinen Fall* darfst du mich erwähnen. Wir beide kommen früher. Sie kommt zu eurer Verabredung, und als Überraschung bin ich da.«

»Und dann?«

»Das weiß ich noch nicht«, sagte er. »Aber irgend etwas wird schon passieren.«

Edie war nicht scharf darauf, mit mir essen zu gehen, bis ich sagte: »Es ist deine letzte Party als Single. Die muß sein. Das ist Tradition. Nach dem Essen gehen wir in ein Lokal mit strippenden Jungs.« Ich ließ auch durchklingen, daß sie Geschenke bekommen würde. »Im ›Blue Mill‹ um acht«, sagte ich.

»Im ›Blue Mill‹? Da waren wir nicht mehr seit ... «

Ich schnitt ihre Spekulationen ab. »Ich habe Lust auf die Zwiebelsuppe da.«

Edie erblickte George und zögerte, als zöge sie in Erwägung, nicht zum Tisch zu kommen. Als sie dann zu uns trat, sagte sie nicht »Hallo« oder »Wo hast du dich eigentlich die letzten paar tausend Jahre rumgetrieben?«, sondern: »Ich heirate demnächst.«

»Davon habe ich gehört.« Georges Stimme troff von Honig. »Und wann ist der große Tag?«

Edie griff in ihre Handtasche und zog eine Einladungskarte hervor. Sie hatte immer einen Stapel Einladungskarten dabei und verteilte sie wie Visitenkarten. »Übermorgen«, sagte sie. »Du bist eingeladen.«

George hob sein Glas. »Auf dein Glück.« Dann schoß George eine Salve von Fragen auf sie ab. Wo würde die Hochzeitsreise hingehen? Und wo würden sie wohnen?

Und arbeiten? Und hatten sie schon Nachwuchs geplant? Und würden sie die Feiertage immer bei seiner Familie verbringen oder bei ihrer?

Das war schlau, denn damit zwang er sie, das ganze scheußliche Bild auf einmal zu betrachten, sich der Wirklichkeit zu stellen.

»Hauptsache, du bist glücklich damit«, sagte George.

Edie schoß ihm einen Blick zu und sagte: »Zumindest weiß ich, wo dieser Junge wohnt.«

George hob heimlich den Daumen, ein Punkt für uns. Wenn sie wirklich glücklich wäre, würde sie George nicht immer noch grollen, weil er ihr einmal die Notrufnummer für Selbstmordgefährdete als seine Telefonnummer untergeschoben hatte.

Bei der Durchführung eines guten Plans ist das Timing entscheidend. George wußte genau, wann er in einen anderen Gang schalten mußte. »Willst du ein bißchen interessanten Klatsch hören?« fragte er, wobei er genau wußte, daß Edie sich von Klatsch ernähren und dabei dick werden konnte. »Da war doch ein Mädchen mit uns auf dem College, die, die Valium gemampft hat wie gesalzene Erdnüsse.«

»Elsi Fromberg«, steuerte Edie den Namen bei.

»Ja«, sagte George. »Irgendwie hat sie Arbeit bei einem Fernsehsender bekommen. Assistentin bei der Gestaltung der Fernsehshows.«

»Das war die Klatschgeschichte?« Edie war enttäuscht.

»Nein. Das war die Eröffnung. Also, die Programmgestaltung für das Fernsehen ist ganz schön stressig. Sie stand ziemlich unter Druck. Eines Tages schmiß sie sich zur Entspannung ein paar Pillen zuviel rein, und dann bestand sie darauf, sie sei die 5000-Dollar-Bonus-Frage. Sie platzte ins Studio rein und fragte: ›Wer bin ich?‹ Und einer der Mitspieler rief: ›Anastasia Romanow.‹«

»Wir haben auch ein bißchen Klatsch gehört, George«, sagte Edie. »Wir haben gehört, du seist in Liechtenstein. Mona ist diesem beknackten Typ über den Weg gelaufen, der dich da gesehen hat.«

»Er muß sich geirrt haben. Ich bin nie in Liechtenstein gewesen.«

»Wo warst du dann? Und wie kommt es, daß du jetzt plötzlich auftauchst?« Edie schaute mich an, als hätte ich da die Finger im Spiel.

»Du hast mir gefehlt«, sagte George lächelnd.

»Das ist gelogen«, widersprach Edie. »Ich habe dir nie gefehlt. Alles, was du sagst, ist gelogen.« Sie stand auf, ein volles Glas in der Hand, und leerte es über Georges Kopf aus.

Einen winzigen, herrlichen Moment lang glaubte ich, wir hätten unsere alte Edie wieder.

»Du bist ausgeladen.« Sie schnappte ihm die Einladungskarte zur Hochzeit wieder weg. »Ich lasse nicht zu, daß mir die Chance auf ein nettes Leben kaputtgemacht wird. Und schon gar nicht von dir.« Edie rauschte am Kellner vorbei, der gerade mit dem Essen kam.

Mit tropfnassem Wodka-Soda-Haar erzählte George mir eine Geschichte. »Das war, als ich Edie noch keine Woche kannte. Ich kam gerade von einem Seminar über Milton. Ich ging den Flur im Wohnheim lang, und Edie kam mir zufällig von der anderen Seite entgegen. Sie lächelte mich an, ganz vergnügt und aufgeregt. Es schien, als freue sie sich, mich zu sehen, und deshalb blieb ich mit ausgestreckten Armen stehen, um sie zu umarmen. Als sie direkt vor mir stand, griff sie in ihre Jacke und zog eine Pistole hervor. Eine Wasserpistole. Damit schoß sie mir ins Auge. Und manchmal tut es noch immer weh«, George wischte sich ein Rinnsal aus dem Gesicht. »Genau da, wo sie mich mit der Wasserpistole getroffen hat.«

George zahlte die Rechnung und fragte, was für ein Trinkgeld in Amerika angemessen sei.

»Warum hast du wegen Liechtenstein gelogen, George?«

»Ich habe nicht gelogen. Ich war tatsächlich nicht in Liechtenstein. Ich war in einem anderen kleinen reichen Bankenland. Der Typ, dem du begegnet bist, war durcheinander. Er war viel gereist. Du weißt, wie die Menschen durcheinandergeraten, wenn sie die eine Nacht hier und die nächste dort verbringen.«

George begleitete mich zu Ross' Wohnung. Durch die Nacht jaulten Sirenen. Polizei. Krankenwagen. Einbruchsalarm. Feuerwehrwagen. Katastrophen en masse. »Du bist besser als sie«, sagte George. »Das wußte sie. Sie hat von dir gezehrt.«

»Warum sind wir dann so deprimiert?« fragte ich.

»Wir sind nicht deprimiert.« George machte einen Tanzschritt, einen Hüpfer, der fröhlich sein sollte. Es ging daneben.

»Ich fühle mich, als wäre jemand gestorben«, erklärte ich.

»Es ist auch jemand gestorben.«

»Ja, und ich glaube, das bin ich. Sehe ich tot aus, George?«

»Nein. Du siehst wunderschön aus.«

»Dann bekommt das Leiden also wenigstens meinem Teint, hm?«

Beim Eingang zu Ross' Haus wünschte ich George eine gute Nacht. »Danke, daß du es versucht hast.«

Ross machte mir auf und fragte: »Wie ist es gelaufen?«

»Nicht gut«, antwortete ich. »Ich bin der Aufgabe nicht gewachsen. Edie ist der einzige mir bekannte Mensch, der fähig wäre, eine Hochzeit aufzuhalten. Wenn das keine Ironie ist.«

Ross goß mir einen Brandy ein. »Trink das. Dann fühlst du dich besser.«

»Nein, dann fühle ich mich nicht besser.« Ich nahm einen Schluck. »Ich fühle mich verloren. Ich kann das nicht akzeptieren, Ross.«

»Du nimmst das zu ernst. Freunde kommen, und Freunde gehen.«

»Edie ist nicht einfach irgendeine Freundin.«

»Ach, was ist sie denn dann?« Ross bedachte und erwärmte sich für die Möglichkeit, Edie könne meine Geliebte gewesen sein.

»Das ist Quatsch, Ross. Nicht, was du denkst. Sie ist einfach meine andere Hälfte. Mehr als meine andere Hälfte. Drei Viertel von mir. Sieben Achtel. Ohne sie bin ich nur ein Schatten.«

Ross legte den Arm um mich und zog mich an sich. »So fühlt sich aber nicht gerade ein Schatten an«, sagte er.

Ich wollte nicht, daß jemand mich anfaßte. Ich machte mich frei und sagte: »Jetzt weiß ich, was Sache ist. Ich kann jetzt nur noch eines tun: meinem Schicksal ins Auge blicken.«

»Und was siehst du?« Ross nahm es nicht ernst.

»Daß diese letzten Jahre ein Versuch waren, dem Schicksal zu entgehen. Aber man kann dem Schicksal nicht entgehen. Und mein Schicksal ist es, eine nette Ehefrau zu werden, die einen Zahnarzt heiratet, ein paar Kinder in die Welt setzt und in einem Haus im Kolonialstil lebt wie das, in dem ich aufgewachsen bin. Das ist mein Schicksal, Ross. In meinen Sternen steht nichts von diesem Catch-as-catch-can-Leben geschrieben. Und auch nichts«, fügte ich hinzu, »von einem fünfzig Jahre alten Musiker.«

»Was für ein Zahnarzt? Von wem redest du?«

»Ich weiß es nicht«, sagte ich. »Noch habe ich ihn nicht kennengelernt. Aber das steht bevor. Vielleicht ist er auch kein Zahnarzt. Er könnte Wirtschaftsprüfer sein. Oder Steuerberater. Vielleicht begegne ich ihm auf Edies Hochzeit.«

»Trink deinen Brandy aus.« Ross nahm das Glas in die Hand und hielt es mir hin.

»Ich will keinen Brandy.« Ich ging zur Tür.

»Wohin gehst du?« fragte Ross. »Was ist eigentlich los mit dir?«

»Es ist vorbei, Ross. Alles ist aus und vorbei.«

»Mit uns vorbei? Meinst du das?«

Ich sagte, ja, das auch. Vermutlich hätte ich wegen Ross traurig sein sollen. Ich war ziemlich verrückt nach ihm. Aber ich fühlte mich zu elend, um traurig zu sein.

»Hör zu«, versuchte Ross mich zurückzuhalten, »warum schläfst du nicht einmal darüber, okay? Morgen früh sieht alles wieder anders aus.«

»Nein, Ross. Morgen früh«, sagte ich, »fällt nur noch mehr Licht auf die gleiche Sache.«

8. Abwägen

Das einzige wirksame Gegenmittel gegen Schlaflosigkeit ist, sich nicht dagegen zu wehren. Also stand ich auf, machte mir einen Kaffee und zog meinen Lehnsessel zum Fenster. Mein Zimmer geht nach Osten.

Ich werde eine Weile hier sitzen und über meine Möglichkeiten nachdenken.

Einmal habe ich einen Typ geliebt, der es sich zum Ziel gemacht hatte, jedes existierende Meer zu besuchen. Wann immer der Name einer Stadt fiel, fragte er: »An welchem Meer liegt die?« und schrieb es auf. In Anbetracht der Zeitzonen trinkt er jetzt wahrscheinlich gerade seinen Nachmittagstee auf einem Balkon, der auf das Kaspische Meer hinausgeht. Dort könnte ich mich zu ihm gesellen.

Oder ich könnte auf einem Schlauchboot Flüsse hinunterfahren. Könnte von der Donau in den Rhein treiben, einen Nebenfluß zur Seine einschlagen und bei Gelegenheit auf dem Hudson herauskommen und nach Hause schaukeln.

Oder ich könnte nach Athen fliegen. Nachschauen, ob die Götter inzwischen da sind. Mit ihnen zu Mittag speisen und Edie ein Telegramm schicken, das Achill persönlich überbringt: TUT MIR SCHRECKLICH LEID STOP HAB ES NICHT RECHTZEITIG GESCHAFFT

STOP HERZLICHEN GLÜCKWUNSCH STOP. Dann würde ich mit Hera und den Mädels den Rest des Nachmittags vertändeln. Wir würden in einem Café sitzen, Limonade aus goldenen Strohhalmen schlürfen und über meine dumme Freundin kichern, diese verrückte Sterbliche.

Oder ich konnte zu Edies Hochzeit gehen und den Brautstrauß auffangen.

Ich zünde mir eine Zigarette an. Ein Streifen Rosa zerschneidet den Horizont. Die Morgendämmerung gilt als romantisches Ereignis, aber dafür ist sie zu vorhersehbar. Wirkliche Romantik hat niemals etwas Alltägliches. Und doch knutschen Pärchen sich vor diesem Kitsch ab, als würde die Sonne ganz allein ihretwegen aufgehen.

Rosa wandelt sich langsam zu Gelb. Der Himmel sieht aus wie ein Kleid von Lilly Pulitzer.

Am Abend des Collegeabschlusses gingen Edie und ich zum Plaza Hotel und beschickerten uns mit Drinks, die mit Papierschirmchen dekoriert waren. Dann torkelten wir zum Brunnen, warfen Münzen hinein und schworen, daß wir immer beste Freundinnen bleiben würden. Nachdem wir unsere letzten Fünf- und Zehncentstücke hineingeworfen hatten, gingen wir nach Greenwich Village. Edie meckerte, weil ihre Schuhe drückten, und trotzdem gingen wir den ganzen Weg zu Fuß. Wir wollten, daß diese Nacht ewig dauerte. Wir gingen auch deshalb zu Fuß, weil wir kein Geld mehr hatten. Wir hatten alles für Mai Tais und Versprechen ausgegeben.

Für immer. Und wie lang ist für immer in Amerika?

Drei Minuten, lang genug, ein Ei zu kochen? Ein paar Wochen? Neun Jahre? Soll man ausharren, bis es vorbei ist?

Reis. Natürlich, Reis. Wenn ich Edie mit Reis bewerfe, spricht das Bände, all die Worte, die ich niemals sagen würde. Und Edie wird genau wissen, was es bedeutet. Gewiß bin ich die einzige, die daran denkt, die Braut mit Reis zu bewerfen. Alle anderen vergessen es bestimmt.

Ich weiß, daß hier irgendwo noch ein Päckchen »Uncle Ben's« rumliegt. Aber wo? In den Küchenschränken ist es nicht. Die sind so leer wie bei einer Hungersnot. Auch im Gefrierschrank und in der Schreibtischschublade kann ich keinen entdecken. Die Schachtel findet sich schließlich versteckt hinter ›Bartlett's Quotations‹ auf einem Regalbrett. Ich blase den Staub weg.

Dann breite ich ein altes Seidentaschentuch aus und schütte eine Handvoll Reis in die Mitte. So, wie ich es schon beim Windeln von Babys gesehen habe, nehme ich die Ecken hoch. Die Enden werden zusammengeknotet, damit das Tuch eine Tasche bildet. Durch den Stoff hindurch befühle ich die Reiskörner. Nirgendwo gibt es zwei, die miteinander verbunden sind.

Mein Badezimmer ist flamingorosa gestrichen. Das blasse Rosa, das ich ausgesucht hatte, leuchtete auf der Wand wie Neon. Es ist nicht im Laufe der Zeit verblaßt wie die meisten anderen Dinge. Edie lag mir ständig in den Ohren, ich solle eine Palme pflanzen und leere Austernschalen verstreuen. »Dann sieht es aus wie ein kleines Stück Miami«, sagte sie.

Ich drehe das Wasser auf und lasse mir ein Bad ein.

Meine roten Zehennägel lugen aus dem weißen Schaum hervor. Es gibt auf der Welt keine andere Freundin für mich. Das weiß ich. Als wolle ich auf eine harte Fläche schlagen, lasse ich die Faust niedersausen. Das Wasser spritzt auf, und die Seife brennt in den Augen.

Keiner kann mich sehen. Keiner wird es je herausfinden. Und selbst wenn? Ein Mädchen sollte sich wohl allein in seinem Badezimmer ein paar Tränen erlauben dürfen.

Es ist geschmacklos, zu einer Hochzeit Schwarz zu tragen. Es soll ein schlechtes Omen sein oder das verflixte siebte Jahr heraufbeschwören oder so etwas. Angemessen wäre ein raschelndes Kleid in der Farbe von Früchten, aber so ein Kleid besitze ich nicht. Ich werde ein schwarzes Kleid mit Perlen oder einem limonen- oder aprikotfarbenen Schal aufpeppen müssen.

Ich schlüpfe in ein schwarzes Futteralkleid und stelle mich vor den Spiegel. Das Ganze wirkt so, als wolle ich mich gleich auf ein frisch geschaufeltes Grab werfen. Es wäre ganz entschieden das Richtige, hätte ich vor, mich jammernd von einem Friedhof wegschleppen zu lassen. Ich ziehe es aus und gehe wieder an meinen Schrank.

Vielleicht tut es ein Hosenanzug. Ein Anzug und dazu diese azurblaue Bluse mit Rüschenkragen und Manschetten. Die muß mir irgend jemand geschenkt haben. Etwas mit Rüschen hätte ich nie gekauft.

Ich mache die Strumpfbänder fest und schlüpfe in meine Schuhe.

Ohne Make-up könnte ich genausogut nackt gehen. Ich pudere mir das Gesicht und umrande die Augen mit Khol. Den Lippenrand ziehe ich in Burgunderrot nach und male die Lippen scharlachfarben aus. Noch ein wenig Gloss, und mein Mund sieht zum Küssen aus. Ich bürste mein Haar zusammen und stecke es zum Knoten hoch. Kein straffer Knoten, sondern gerade so fest, daß man jeden Moment denkt, er fällt hinunter.

Ich drehe mich hin und her, und vor dem Spiegel wird mir etwas klar, was meinen Bewunderern nicht auffallen wird. Etwas fehlt. Eine Aura. Ein Funke. Ich glühe nicht mehr vor Erwartung, sondern ähnele eher einem Weihnachtsbaum am 26. Dezember.

Das Telefon klingelt, und mit leiser Hoffnung hebe ich ab. Es ist Henry Cosgrove, der einen heißen Tip von mir will. Unsere Freunde und Bekannten, sagt er, schließen Wetten auf den Ausgang der Hochzeit ab.

Henry sagt, es ist wie bei einer Football-Wette. »Zehn Dollar, und du kannst auf einen Tag setzen, an dem sich Edie deiner Meinung nach aus dem Staub macht. Wer dem richtigen Datum am nächsten kommt, gewinnt den ganzen Einsatz.« Henry bemerkt, daß der Gesamteinsatz sich schon auf eine beträchtliche Summe beläuft.

Als Favorit unter den Spielern gilt der zweite Tag. Früh am Montag morgen, so wetten sie, wird Edie schon beim Scheidungsrichter anstehen. Während ich früher meinen Zehn-Dollar-Schein ebenfalls auf den Favoriten gesetzt hätte, erkläre ich Henry jetzt: »Ich würde auf gar nichts mehr wetten.«

»Ach, Mona, mach's doch nicht so geheimnisvoll.«

Henry glaubt, ich hätte Insiderinformationen. »Ich will mir damit ein Auto kaufen.«

»Wirklich, Henry. Ich weiß es nicht.«

Als wollte ich ihn nur hinhalten, sagt Henry: »Okay. Wir spielen nach deinen Regeln. Ich mache den Einsatz unter meinem Namen. Du gibst mir den richtigen Tip, und dann teilen wir den Gewinn. Was meinst du?«

»Es ist nicht vorhersagbar.«

»Dann rate eben«, empfiehlt Henry mir.

»Ich vermute, daß sie für immer verheiratet bleiben wird.«

»Mona, bitte. Jetzt sei mal ernst. Heute bleibt niemand mehr für immer verheiratet.«

»Du weißt doch, wie dickköpfig Edie ist«, erinnere ich ihn. »Sie ist unberechenbar.«

»Ade, schöner Wagen«, sagt Henry.

»Mach dir nichts draus«, muntere ich ihn auf. »Du willst gar kein Auto. Dafür trinkst du zuviel.«

»Ja, da hast du wohl recht«, tröstet sich Henry. »Aber trotzdem sollten wir irgend etwas davon haben. Laß uns eine richtige Wette eins zu eins abschließen. Wenn wir der Meinung sind, daß Edie für einen unbestimmbaren Zeitraum verheiratet bleibt, müssen wir annehmen, daß sie heute tatsächlich heiratet. Es gibt Gerüchte, diese Hochzeit sei nur ein Gag. Also wetten wir auf ihr Kommen, und zwar mit jemandem, der auf das Gegenteil setzt.«

Diese Unterhaltung läßt vor meinem inneren Auge ein Bild erstehen: Ein Organist, der mit ›Here Comes the Bride‹ loslegt, während Edie den Abflugplan am Kennedy-Flughafen studiert. Ihren Fluffy-Pelz um den

Hals geschlungen und ihren cremefarbenen Koffer auf einen Gepäckkarren geschnallt, überlegt sie, ob sie nach Bali oder nach Gdansk fliegen soll.

»Du bist also sicher, daß sie heute heiratet?« wiederholt Henry.

Der Himmel ist strahlend blau, wolkenlos. Die Luft ist mild. Wenn Edie diesen Tag schon nicht vernünftig nutzt, könnte wenigstens der Tag uns etwas Gutes tun. Es könnte zum Beispiel ein Sturm mit schwarzen Wolken heraufziehen, bedrohliche Wolken mit unheimlichen gelben Rändern. In vielen Teilen der Welt ist jetzt die Zeit der Wirbelstürme. Manche Leute bekommen den Monsun ab, während ich hier bei leichtem Gegenwind ausharre. Wenn ich über diese Dinge zu bestimmen hätte, würde ich ein Erdbeben heraufbeschwören, einen Vulkan, einen Tornado. Einen riesigen Luftwirbel, der uns hochhebt und nach Kansas befördert, wo Edie auf dem flachen Lande Romantik und in den Kornfeldern Leidenschaft finden könnte. Statt dessen haben wir diesen vollkommen schönen Frühlingstag. Die ganze verdammte Stadt wird vor Freude wie beschwipst sein.

Ich gehe Zigaretten kaufen. Hinter dem Ladentisch legt Frank seinen Rennwettschein beiseite.

»Dunhill«, sage ich. »Drei Päckchen Dunhill.«

»Was? Nicht Camel Light? Die letzten zwei Jahre war's immer Camel Light. Woll'n Sie jetzt etwa die Marke wechseln?«

»Drei Päckchen Dunhill, Frank.«

»Okay, okay.« Er schiebt mir die Zigaretten hin und

nimmt mein Geld. »Und«, fragte er, »wann ist der große Tag?«

»Wir wissen es nicht, Frank. Wir sollten heute schon Buße tun.« Ich stecke das Wechselgeld ein und die Zigaretten in die Handtasche. Dunhill schmeckt genau wie alle anderen Marken, aber die Packung, Rot mit Gold, sieht exotisch aus. Manchmal kommt es einfach auf den äußeren Schein an.

Ich werfe meine Münze ins Drehkreuz. Dies ist nicht die U-Bahn, die mit blitzenden Lichtern meine Ankunft verkünden wird. Auch nicht die U-Bahn des Proletariats, das sich gleich gegen seine Unterdrücker erheben wird. Und noch nicht einmal die U-Bahn, deren Haltestelle genauso aussieht wie ein Grenzkontrollpunkt zwischen Österreich und Ungarn. Es ist die U-Bahn für Menschen, die nicht genug Phantasie haben, sie in etwas anderes zu verwandeln als das, was sie ist. Es ist die U-Bahn, in der ich allein fahre, ohne Begleitung, und an der Lexington Avenue setzt sie mich ab.

Obwohl ich diese Ecke Manhattans so gut kenne wie jede andere, verirre ich mich unerklärlicherweise. Ich habe die Orientierung verloren. Ich weiß nicht, wie ich gehen muß. Ich frage eine Dame in roter Jacke nach dem Weg. Sie führt einen schwarzen Schnauzer an einer roten Lederleine spazieren. Sie kennt die Bedeutung von Details. Sie beschreibt den Weg in allen Einzelheiten. Ich bedanke mich, setze mich aber nicht in Bewegung. Frau und Hund beobachten mich neugierig, während ich meine Entscheidung – Edies Hochzeit zu besuchen oder nicht – ein letztes Mal abwäge.

9. *Ein Ereignis*

Wenn eine Kirche nicht in bescheidenem Weiß gehalten und mit Schindeln gedeckt ist, dann sollte sie monströs sein, mit Verzierungen, Türmchen, Giebeln und fratzenschneidenden Ungeheuern. Hinter feuchtem Mörtel sollte sich der eine oder andere Skandal verbergen. Die Kapelle der Vereinten Nationen ist weder das eine noch das andere. Sie bezieht keine Stellung, lädt keinen Gott ein, weder einen grimmigen noch einen gütigen. Immerhin hege ich Bewunderung für die Drehtür, die einem die Möglichkeit eröffnet, in einem Zug zu kommen und gleich wieder zu gehen.

Die Wände der Eingangshalle sind sauber weiß gestrichen. Brave Tuschezeichnungen in weizengelben Rahmen sind so ordentlich aufgehängt wie in einem Holiday Inn. Ich gehe vom einen zum nächsten, meine Absätze klacken gedämpft. Nur ein minimales Echo, der Raum hat eine gute Akustik.

»Monarose, da bist du ja.«

Ich drehe mich um und stehe vor Edies Mutter. Sie ist erleichtert, mich zu sehen. Sie ist nervös, zappelig und denkt, ich wäre ganz cool. Sie denkt auch, ich hätte einen stabilisierenden Einfluß auf ihre Tochter. Jeder hat so seine Selbsttäuschungen.

Edies Vater, so höre ich, wird nicht kommen, aber zum

Ausgleich hat er einen dicken Scheck geschickt. Edie wird das recht sein. Ihr ist Geld sicherlich lieber.

Mrs. Hawkes legt mir den Arm um die Taille und erinnert mich daran, daß ich sie Julia nennen soll. Gemeinsam gehen wir in die Kammer für das Brautgefolge, ein Raum, kaum größer als ein Kleiderschrank, eingequetscht zwischen der Eingangshalle und dem Kirchenraum. Ich setze mich auf einen Klappstuhl aus Metall an einen Tisch im Cafeteria-Stil, die Sorte mit Formica-Lack, unempfindlich gegen Flecken. Es ist auch unmöglich, seine Initialen hineinzuritzen.

Julia fummelt an einem Stapel weißer Schachteln vom Floristen herum. »Dein Ansteckbukett.« Sie zupft an einem Knoten im Band. »Ich kann ihn nicht aufbekommen. Meine Hände zittern zu sehr.« Sie streckt sie aus, damit ich es sehen kann.

Das Bukett besteht aus Flieder, ebenso wie, so erfahre ich von Julia, der Brautstrauß. »Ich habe ihr gesagt, Flieder ist das richtige für ein Begräbnis, nicht für eine Hochzeit«, erzählt Julia. »Aber sie bestand auf Flieder. Du weißt, wie sie ist, wenn sie sich erst mal etwas in den Kopf gesetzt hat.«

Ich nickte mitfühlend und denke dabei, daß Julia gerade einmal die Hälfte weiß.

»Und dann versuch mal, Flieder im März aufzutreiben. Er blüht nicht vor April, weißt du.«

Als ich mir das Bukett anstecke, steche ich mich mit der perlenbesetzten Nadel in den Finger. Es blutet, aber nicht genug, um Theater zu machen. Ein Ansteckbukett aus Flieder sieht ganz schön dämlich aus, ein Büschel blasser Blütentrauben, das mir vom Revers hängt.

»Ich muß wohl jeden Floristen in der Stadt angerufen haben, bis ich einen fand, der Flieder besorgen konnte«, fährt Julia fort. »Aber Edie wollte von nichts anderem hören. Wenn sie keinen Flieder bekommen hätte, hätte sie die Hochzeit abgesagt.«

»Edie liebt Flieder«, sage ich.

»Aber es ist zu früh für Flieder. Die meisten Knospen sind noch fest geschlossen.« Julia stellt zwei Vasen auf den Tisch und arrangiert die Blumen fachmännisch. Das beruhigt sie. Ich biete meine Hilfe an, aber sie sagt: »Nein, danke, Monarose. Ich muß mich irgendwie beschäftigen.« Edies Mutter ist jetzt der einzige Mensch, der mich noch immer Monarose nennt. Ich frage mich, ob sie weiß, daß das nicht mein richtiger Name ist.

Nachdem sie mit Farnwedeln noch ein paar Akzente gesetzt hat, ist Julia mit ihren floralen Arrangements zufrieden. Sie trägt erst die eine und dann die andere Vase in den Kirchenraum. Als sie nicht sofort zurückkommt, öffne ich die Tür und beobachte sie heimlich, wie sie die Vase auf die Fensterbank stellt. Aber dort läßt sie sie nicht. Sie stellt sie auf die linke vordere Bankreihe um und dann noch einmal woandershin. Jedesmal, wenn sie die Vase abgesetzt hat, macht sie drei Schritte zurück und legt den Kopf schief. Die andere Vase steht direkt im Mittelgang, wo Braut und Bräutigam darüber stolpern können.

Gerade als der Priester aus der Eingangshalle hereinkommt, zünde ich mir eine Zigarette an. Edie hat nie erwähnt, daß der Priester so gut aussieht. Ich nehme die Dunhill aus dem Mund und versuche vergeblich, sie in der gewölbten Handfläche zu verbergen. Der Priester zündet sich eine Marlboro an.

Die Zigarette in der einen Hand, streckt er mir die andere entgegen. Ich stecke die Dunhill wieder zwischen die Lippen. Sein Händedruck ist nicht die schlaffe, mit drei Fingern angedeutete Berührung eines Geistlichen, sondern der feste, herzliche Griff eines Tennispartners. »Hallo«, sagt er. »Ich bin Steve.«

Ich kann sehen, daß dieser Priester einiges dafür tut, so heiß auszusehen. Sein waschbrettflacher Bauch, dessen Muskeln unter dem Ornat spielen, ist nicht durchs Beten so geworden. Sein wohlgepflegter graumelierter Bart ähnelt nicht gerade einem Bart in der Bibel.

»Und Sie sind...?« fragt Steve mich.

»Hm?« Ich habe gerade seine Fingernägel betrachtet. Sie sind manikürt. »Oh, ich. Ich bin jüdisch«, sage ich. Ich nehme an, er will meinen Namen erfahren oder wissen, welche Rolle ich bei diesem Ereignis spiele, aber er hat mich auf dem falschen Fuß erwischt, und so werde ich bockig. »Ich bin Jüdin«, betone ich etwas überheblich, als hätte ich, wenn ich sie auch vernachlässigte, doch eine ernstzunehmende Religion, und nicht eine von diesen federleichten, die gerade im Trend liegen.

»Diese Kapelle gehört keinem bestimmten Bekenntnis an«, erklärt er mir.

Ich wette, Steve hat seit einer Ewigkeit keine Zwiesprache mehr mit Gott gehalten, und abgesehen vielleicht von einer kurzen, aufwühlenden Erfahrung in der Pubertät lag er wahrscheinlich noch nie im Leben auf den Knien. Er ist kein Priester, an den ich mich in dieser Stunde der Not wenden könnte.

»Sie sind also die Brautjungfer?« Steve macht Small talk.

»Die Trauzeugin«, sage ich.

»Ein wunderbares Paar, nicht wahr?«

»Wer?«

»Die Braut und der Bräutigam«, erklärt er mir.

»Ach, Sie meinen Edie und...« Ich lasse die Hand durch die Luft flappen, als wäre sie ein Fisch auf einem Bootsdeck.

Steve schaut auf seine teure Armbanduhr. »Ja. Sie sollten bald da sein.« Ohne weiter auf meine persönlichen Ansichten einzugehen, quasselt Steve über all die bedeutenden Pärchen, die er im Laufe der Jahre getraut hat. »Was für eine hübsche Braut sie war«, plappert Steve weiter. »Sie haben sicher Fotos von ihr gesehen.«

»Nein.«

»Na ja, alle Bräute sind wunderschön.«

»Finden Sie das wirklich?« frage ich.

»Aber natürlich. Bräute glühen vor Glück.«

»Haben Sie nie darüber nachgedacht, daß das Universum so wohlgeordnet ist, daß jedes Ding auch seine Kehrseite hat? Immer wenn etwas zusammengefügt wird, bricht auch etwas auseinander. Das ist ein Naturgesetz«, erkläre ich, »es hat mit den Magnetkräften und der Atomspaltung zu tun.«

»To everything there is a season.« Steve zitiert Peter, Paul and Mary.

»Ich möchte Ihnen gern eine Frage stellen«, sage ich. »Hatten Sie noch nie eine Trauung vorzunehmen, die von Anfang an ein Fehler war? Hatten Sie noch nie das Bedürfnis, einem Paar zu sagen, es solle die Sache einfach fallenlassen?«

»Was ist das für ein Gerede?« tadelt Steve. »Hochzeiten sind segensreiche Ereignisse.«

Ich blase den Zigarettenrauch nach unten, mit Ziel auf das Ansteckbukett.

Steve schaut wieder auf die Uhr. »Ich hoffe, sie kommen gleich.« Dann entschuldigt er sich. Er sagt nicht, wohin er geht, also nehme ich an, zur Toilette.

Als er durch die eine Tür abgeht, kommt Edies Mutter zur anderen hereingeflattert. Die ersten Gäste sind eingetroffen. »Vier sind schon da«, sagt Julia. »Wo ist Edie?«

»Sie müßte eigentlich jede Minute hier sein.«

»Ich sollte in der Kapelle bleiben«, denkt Julia laut nach, »damit ich die Gäste beim Eintreffen begrüßen kann.«

Da ich die Fassade nur mit Unterbrechungen aufrechterhalten kann, stimme ich Julia zu, das sei eine gute Idee. Ich verspreche, ihr Bescheid zu sagen, sobald Edie auftaucht.

Achtung, hebt die Deckenbalken – da kommt der Bräutigam, nur ist dieser Bräutigam nicht besonders groß. Außerdem kann ich leider nicht übersehen, daß er schon anfängt, fett zu werden. Das Jackett spannt über dem Hintern. Er küßt mich auf die Wange. Ich erkenne diesen Kuß. Es ist der Kuß, bevor einem der Dolch in den Rücken gestoßen wird.

»Und wo ist meine Braut?« Gerald sucht die Kammer ab.

»Ist sie nicht bei Ihnen?« frage ich.

Er schaut über die Schulter zurück – ein echter Witzbold – und sagt: »Nee. Ich sehe sie nicht. Nur Jimmy.« Jimmy, schließe ich, muß sein Trauzeuge sein. Er ist lang, mager, und sein Gesicht ist rauh und rot, da er sich vor kurzem offensichtlich mit einer alten Klinge rasiert hat. Er erinnert mich an einen Basketballspieler aus dem College, der, als ich ihm nicht erlaubte, mich zu betatschen und zu begrapschen, fragte: »Warum nicht? Alle anderen läßt du doch auch ran.«

Jimmy grunzt irgendwas zur Begrüßung. Ich erwidere seine gesellschaftlichen Artigkeiten nicht.

Ich drücke die Zigarette im Aschenbecher aus und zerreibe sie dabei zu Krümeln. Gerald und ich messen uns mit den Augen. Ich wäre nicht überrascht, wenn er in die Hände spucken und sich dann übers Haar streichen würde. Er lacht großspurig auf und geht zum Spiegel. Sein Gefolgsmann hinterher. Sie zupfen an sich herum, bis Steve hereinkommt. »Für Sie beide gibt es einen eigenen Raum. Dieser hier ist für die Damen.« Steve führt die beiden Trottel hinaus.

An der Tür dreht der Bräutigam sich um und sagt: »Bis gleich, Mona. Und Mona, versuchen Sie zu lächeln. Sie sind so hübsch, wenn Sie lächeln.«

Ich nehme die Puderdose mit dem Spiegel aus der Tasche und untersuche mein Gesicht nach Spuren des Alterns. Ich fühle mich, als hätte ich jede Spannkraft verloren. Im Stuhl lasse ich mich zusammensacken, habe nicht genug Kraft, mich aufrecht hinzusetzen.

Ich stecke den Spiegel weg, weil Steve wieder hereinkommt. Ein Pfau pro Zimmer reicht. »Ist sie immer noch nicht da?« fragt er. »Sie sollte eine Stunde vor Beginn der Zeremonie hier sein. Jetzt ist es schon fast an der Zeit.«

»Dann kommt sie eben zu spät. Wozu die Eile?« will ich wissen.

Es drängt, weil ein paar Halb-Berühmtheiten die Kirche anschließend gebucht haben. Steve möchte sie nicht warten lassen. Er will seine Berühmtheiten bei Laune halten. Seinetwegen können wir anderen ihm gestohlen bleiben.

»Nun«, sage ich, »wenn sie ihren Termin versäumt, dann geht er ihr eben verloren.«

Steve schaut mich an, als riefe er sich gerade in Erinnerung, daß er alle Geschöpfe Gottes lieben soll. »Ich bin mir sicher, daß sie jetzt gleich kommt«, sagt er.

Ich öffne die Tür, um einen kurzen Blick in den Kirchenraum zu werfen. Wirklich nicht viele Leute. Von unseren Freunden und Bekannten sehe ich nur diejenigen, die auf den Ausgang der Hochzeit gewettet haben. Außerdem erblicke ich Marissa und Fred, ein Duo, das dafür berühmt ist, überall dort aufzutauchen, wo man kostenlos essen und trinken kann.

Julia huscht herbei und quetscht sich durch den Türspalt. »Ist sie da?«

»Nein.« Ich schüttle den Kopf.

Julia ringt die Hände, als wären sie ihr eingeschlafen und sie wolle das Stechen und Kribbeln abschütteln. Durch die Tür zur Eingangshalle platzt Steve herein und legt dabei los wie eine Schallplatte, die einen Sprung hat. »Zwei Minuten. Zwei Minuten. Wir müssen in zwei Minuten anfangen.« Türen öffnen sich. Leute stecken den Kopf herein und ziehen ihn gleich wieder zurück. Türen schließen sich. Steve läuft nervös hin und her. Edies Mutter schießt plötzlich in eine neue Richtung davon wie eine Jolle beim Kreuzen. Sie geht zur Telefonzelle und kommt noch aufgeregter zurück. »Sie hat nicht abgenommen.«

»Hast du schon im Leichenschauhaus angerufen, Julia?« fragt Edies Tante Jackie.

Gerald ist nicht mehr ganz so selbstgefällig wie noch vor einer Stunde. Auf seiner Oberlippe stehen sechs Schweißtröpfchen. Ein dunkler, runder, nasser Fleck breitet sich hinten auf seinem Jackett aus. Er vermeidet es, in meine Richtung zu schauen. Fast flüsternd fragt er Steve im Jammerton: »Wo ist sie denn bloß?«

Steve, der selbst in seinem Saft schmort, sagt: »Verdammt, ich weiß es nicht.«

Ich werfe noch einen Blick in den Kirchenraum. Die Gäste rutschen unruhig auf ihren Plätzen hin und her und drehen sich immer wieder um. Der Raum summt von Geflüster und Spekulationen. Geld wechselt den Besitzer. Eine schwache elektrische Ladung verbreitet sich durchs Gestühl. Ich habe das Gefühl, als kitzelt sie mich an den Füßen, als leckt mich ein glücklicher Welpe. Ich lasse die Tür zufallen und nehme meinen Platz wieder ein, den Klappstuhl aus Metall, mit dem ich bei diesem Ereignis in der ersten Reihe sitze.

Steve tätschelt den Bräutigam. Nachher wird er ein Handtuch brauchen, um die Hände wieder trocken zu bekommen. Julia schaut mich an, als hätte ich eine Erklärung parat. Der Trauzeuge stochert mit dem kleinen Finger im Ohr. Was mich betrifft, so strahle ich. Ich freue mich diebisch. Ich reibe mir die Hände. Jetzt bin ich nicht mehr einfach die Trauzeugin bei einer ziemlich kläglichen Hochzeit, sondern ein Nummerngirl mit allem Drum und Dran, Ankündigungstafeln und Netzstrümpfen.

Steve versucht, Ruhe zu verbreiten, und erklärt, als

hätte er eben eine Botschaft von oben erhalten, Edie werde in Kürze eintreffen. »Wahrscheinlich ist sie im Verkehr steckengeblieben. Wir wollen uns fertigmachen, damit wir anfangen können, sobald sie da ist.«

Ich stelle mir vor, wie Edie dieses Schauspiel im nachhinein auskosten wird, wie sie Foxtrott dazu tanzt, es vortanzt, dazu herumwirbelt, die Sache ausschöpft. Sie wird die Geschichte ausspinnen, wie sie ihre Hochzeit vorbereitete, bei der Trauung aber nicht auftauchte. Edie wird den letzten Tropfen aus dieser Geschichte herauspressen. Vielleicht wird sie es übertreiben, denn Edie neigt dazu, eine gute Geschichte oft zu erzählen, zu oft. Aber diese hier werde ich gerne hören, und wenn sie sie tausendmal wiederholt.

Noch einmal kommt Julia in die Kammer, ein Nervenbündel, und fragt: »Wo ist Edie, Monarose?«

Edie könnte überall sein. In einer Toilettenkabine an der Grand Central Station. Auf dem Gipfel des Fudschijama, ein Fernglas vor Augen und weit vorgebeugt, weil sie behauptet, sie könne über Ozeane und Kontinente ins östliche Manhattan spähen. Oder sie könnte in Kabul sein. Von Kabul aus kann ein Mädchen überall hingelangen. »Kabul«, sagte Edie immer träumerisch. »Hör nur, wie das klingt, Monarose. Kabul. Wenn man nach Kabul kommt, dann steht einem die Welt offen.« Edie könnte genausogut in meiner Wohnung sein, es sich auf dem Diwan bequem gemacht haben, gelangweilt mit dem Fingernagel gegen die Zähne trommeln und sich fragen, warum ich nur so lange brauche, bis ich komme und ihr die Einzelheiten der Hochzeit erzähle, die sie versäumt hat. »Sah der Bräutigam unglücklich aus?« wird sie fragen. »Waren die Gäste schockiert? Hat jemand geweint? Ist der Flieder verwelkt?«

Um die Spannung zu steigern, werde ich sie einen Moment zappeln lassen und dann sagen: »O Edie, du hättest dabeisein sollen. Es war lustiger als Louise Cranes Hochzeit.«

Und dann wird sie grinsend bemerken: »Das war gut, nicht wahr? Na, ich hab' ja sogar dich drangekriegt, oder?«

»Beinahe«, werde ich antworten. »Beinahe.«

Julia atmet tief ein und sammelt Kraft. »Das würde sie doch nicht tun, Monarose, oder?«

Ich versuche besorgt auszusehen, ernst. »Ich weiß es nicht«, erkläre ich Julia. »Ich dachte wirklich, sie würde kommen, aber jetzt weiß ich es einfach nicht mehr.«

»Das würde sie doch nicht tun.« Julia versucht, sich selbst zu überzeugen. »Ich rufe sie nochmal an. Vielleicht hat sie verschlafen.«

Nach all diesen Wochen der Heuchelei schmerzt mein Gesicht vom Vergnügen, ehrlich lächeln zu können.

Herein kommt Edie. Besser gesagt, herein stürmt Edie. Außer Atem stößt sie hervor: »Es ist unglaublich, ich komme zu spät zu meiner eigenen Hochzeit.«

Mir schnürt es die Kehle zu. Auch beim zweiten Mal rutscht eine Enttäuschung nicht leichter herunter. »Wir dachten, du würdest nicht mehr kommen«, sage ich.

Edie antwortet nicht, weil Steve hereinkommt, ganz außer sich vor Erleichterung. Er gibt Edie ein paar Minuten, um sich zu sammeln, und geht davon, um ihre Mutter, den Bräutigam und die Gäste davon in Kenntnis zu setzen, daß die Braut eingetroffen ist. Einige der Gäste haben gerade ihre Wette verloren.

»Das hier muß meines sein.« Edie hat die Schachtel des Floristen in der Hand. Das Bukett ist darin, Flieder und Farn, umwickelt mit einem geschmacklosen weißen Band. Außerdem eine Haarklammer, an der mit Draht ein Fliederbüschel befestigt ist. »Hilf mir bitte, das ins Haar zu stecken.« Edie reicht mir den Blütenzweig und zwei zusätzliche Haarklammern.

Ich beuge mich zu ihr. Edie riecht nach Gin. »Edie«, sage ich, »du bist besoffen.«

»Nein«, entgegnet sie. »Ich bin entspannt.«

»Sherry«, meine ich, »ist das richtige zum Entspannen. Gin ist zum Besaufen.«

»Heiraten ist nervenzerreibend«, sagt sie. »Du solltest es auch mal versuchen.«

Der Flieder hält nicht in Edies Haar. Auch er wehrt sich dagegen, bei dieser Sache mitzuspielen, und rutscht herunter, sobald Edie sich bewegt. »Du *mußt* ihn festkriegen«, sagt Edie. »Ich möchte Flieder im Haar tragen. Ich möchte eine schöne Braut sein.«

Zwischen Daumen und Zeigefinger zerquetsche ich eine Fliederblüte zu Mus. Der Saft ist klebrig.

Edie schlägt vor, in den Toilettenraum zu gehen. »Vielleicht geht es da besser.«

In der Toilette stellt sich Edie vor den Spiegel. Ich setze mich auf den einzigen Stuhl. Es ist eher ein Hocker in der Ecke mit Kunststoffpolster. Ich traue mich nicht, mich neben Edie zu stellen. Ich traue mir zu, sie aus jeder Perspektive zu betrachten, außer beim Blick in den Spiegel, außer mit einem Blick, der die Illusion zurückwirft. Edie und ich haben zu viele Stunden Seite an Seite vor Spiegeln verbracht. Sollte ich je wieder vor einem dieser Spiegel stehen, würde ich erwarten, unser Spiegelbild dort vorzufinden, wie wir beide einen Lippenstift namens »Passion Pink« ausprobieren. Edies Haar wäre länger, und ich wäre ein wenig rundlicher, aber das wären wir.

»Ich kriege diese verdammten Fliederblüten einfach nicht fest.« Edie schleudert die Blumen durch den Raum. Den Rücken mir zugewandt, sagt sie: »Ich brauch' eine Zigarette.«

Ich nehme zwei Dunhills und zünde sie an. Ich stehe auf, strecke die Hand aus, um Edie eine zu geben, und finde mich gefangen – wie zu Eis erstarrt – im Spiegel. Ich beobachte mich selbst, wie ich Edie die Zigarette reiche. Ich beobachte ihr Spiegelbild dabei, wie es die Szene gleichfalls beobachtet. Eine Bilderfolge spult sich vor meinen Augen ab, so wie in der Sekunde, bevor man mit dem Auto in einen Baum kracht, angeblich das ganze Leben nochmals an einem vorbeizieht. Es ist ein spannungsvoller Moment.

Während ich dem Thema ernstliche Beachtung geschenkt habe, hat Edie offensichtlich nicht darüber nachgedacht, daß sie heute hart im Nehmen sein muß. Sie ist nicht darauf vorbereitet. Sie nimmt die Zigarette aus meiner Hand entgegen und bricht zusammen. Edie schluchzt.

»Weine nicht, Edie«, sage ich. »Heute ist der glücklichste Tag deines Lebens, stimmt's? Am glücklichsten Tag seines Lebens weint man nicht.«

Zwischen Schluchzern bringt Edie hervor: »Dies ist der glücklichste Tag meines Lebens.«

»Dann hör auf zu weinen. Bräute weinen nicht«, erkläre ich mit liebevoller Strenge.

Edie weint noch mehr. Es schüttelt sie vor Weinen, es kommt aus tiefstem Innern, aus der Leber oder von den Nieren.

»Du mußt aufhören, Edie. Dein Make-up verläuft. Du bist schon völlig verschmiert. Jetzt wasch dich mal«, fordere ich sie auf.

Aber Edie hört nicht auf zu weinen. Ich wünschte, ich könnte ihr sagen, sie soll nur abhauen, wenn ihr danach ist. Es ist noch nicht zu spät. Sie muß die Hochzeit nicht durchstehen. Aber das weiß Edie. Edie weint, weil sie gerade *nicht* abhauen möchte.

Ich wende mich ab und rauche, während sie weint. Nach all den beschissenen Tagen, die ich zuletzt hatte, soll es ihr zur Abwechslung ruhig auch schlecht gehen. Ich fühle mich in meiner Gehässigkeit ganz wohl, bis Edie mir die Arme um den Hals wirft und das Gesicht beim Weinen an meine Jacke preßt. Jetzt ist es doch gut, daß ich Schwarz trage.

Edie und ich haben uns bisher noch nie umarmt. Nicht ein einziges Mal in all den Jahren unserer Freundschaft. Aber da steht sie jetzt und umarmt mich, daß mir die Luft wegbleibt. Es gefällt mir nicht. Ich lasse die Arme schlaff herunterhängen, in der Hoffnung, daß sie den Wink versteht und mich losläßt. Als das nichts hilft, umarme ich sie meinerseits, hebe die Arme zum Halbkreis, bekomme die Hände aber nicht zusammen. Schließlich tätschele ich ihr irgendwie die Schulter. Edie läßt es zu, was mich überrascht, denn ich hatte erwarte, sie würde meine Hand wegschlagen.

All dies Umarmen und Getätschele und Geschluchze ist schrecklich albern. Wir sollten Spiegel zerschlagen, die Waschbecken verstopfen, den Raum unter Wasser setzen. Handlungen, die etwas bedeuten. Damit Edie merkt, daß diese Gefühlsflut unwürdig ist, sage ich streng: »Na, na. Reiß dich zusammen.« Ich sprenge ihre Umklammerung und fordere sie auf, sich zusammenzunehmen. »Du mußt jetzt zur Trauung gehen«, sage ich.

Edie tritt zurück und nickt. Sie schnieft und lächelt mühsam, als litte sie an einem besonders schlimmen Kater. Ich führe sie zum Waschbecken und drehe den Hahn auf. »Wasch dich jetzt«, sage ich.

Es gibt hier keine Papierhandtücher, was irgendwie zum Ganzen paßt. Ich rolle Toilettenpapier ab und reiche Edie den Packen, damit sie sich Gesicht und Hände trocknet. »Habe ich noch Zeit, mein Make-up in Ordnung zu bringen?« fragte sie.

»Aber natürlich. Du bist die Braut. Sie müssen auf dich warten. Laß dir soviel Zeit, wie du nur willst.«

Als Edie die zweite Lippenstiftfarbe aufmalt, dreht sie sich zu mir um und fragt: »Geht es so?«

»Prima«, sage ich. »Du siehst prima aus.«

Edie und ich verharren einen Moment, und ich frage: »Edie?«

»Komm«, sagt sie. »Ich muß mich trauen lassen.«

Steve erwartet uns in der Kammer für das Brautgefolge und gibt Anweisungen für die Zeremonie. Er nickt mir zu und sagt: »Wenn Sie mich beim Altar sehen, zählen Sie bitte bis fünf, dann schreiten Sie langsam den Mittelgang entlang. Lang-sam«, wiederholt er, als wäre ich schwachsinnig. »Dies ist eine Zeremonie. Ein würdiges Schauspiel. Wenn Sie beim Altar angekommen sind, treten Sie bitte drei Schritte nach links.«

Für den Ring, den Edie Gerald ansteckt, trage ich die Verantwortung. Ich muß ihn halten bis zu dem Zeitpunkt der Zeremonie, wenn Steve sagt: »Mit diesem Ring.« Dann muß ich ihn Edie übergeben. Sie wird das Stückchen Gold nehmen und ihr Leben fortgeloben.

Steve unterweist Edie, sie solle warten, bis ich an meinem Platz sei, dann bis sieben zählen und anschließend selbst durch den Mittelgang schreiten. »Vergessen Sie nicht«, sagt er, »Sie sind die Braut. Geben Sie allen Gelegenheit, Sie richtig zu sehen.« Edie soll sich rechts von mir aufstellen.

»Haben Sie das verstanden? Beide?« Steve möchte nicht, daß wir ihm die Nummer kaputtmachen.

Nachdem er nun endlich alles unter Kontrolle hat, hält Steve seinen Einzug. Edie schnappt sich ihr Bukett vom Tisch. Sie umklammert es mit beiden Händen, als befürchte sie, jemand wolle es ihr wegnehmen.

Vielleicht liegt es nur am Licht, aber Edie sieht nicht gut aus. »Fühlst du dich auch wohl?« frage ich. Ich könnte schwören, sie ist weiß mit einem Stich ins Grüne. »Ist dir der Gin vielleicht nicht bekommen?«

»Es geht mir gut«, sagt sie.

Steve steht am Altar und wartet darauf, daß das Publikum verstummt. Was für ein Schmierenkomödiant.

»Edie, fühlst du dich auch bestimmt wohl?«

»Bestens«, schnappt sie. »Es geht mir bestens.«

Es spielt keine Orgel, die den Takt vorgeben könnte,

und Steve hat gesagt, ich solle langsam gehen, also schlendere ich den Mittelgang entlang. Während ich mich Schrittchen für Schrittchen vorschiebe, drehe ich den Kopf wie eine Aufziehpuppe in Zeitlupe von einer Seite zur anderen und suche die Bänke nach jemandem ab, der von seinem Platz aufspringen könnte, wenn Steve sagt: »Wer Einwände erheben will, möge es jetzt tun oder ...«

Das ist meine Lieblingsstelle bei jeder Hochzeit. Die Gäste rutschen unruhig auf ihren Plätzen herum und warten auf den Helden, der von der hintersten Bank aufspringt und eine viel größere Liebe beteuert, als der Bräutigam jemals bieten kann. Sollte ich jemals heiraten, dann würde ich wirklich Wert darauf legen, daß jemand Einspruch erhebt.

Von meinem Platz beim Altar schaue ich zu Steve. Er sonnt sich in der Wärme des Rampenlichts. Der Bräutigam und dieser grauenhafte Trauzeuge stehen zu meiner Rechten.

Ich beginne, bis sieben zu zählen, bin aber erst bei vier angelangt, als Edie heranstürmt. Zwischen mir und dem Bräutigam bleibt sie abrupt stehen. Sie steht ihrem zukünftigen Ehemann gegenüber. Steve läßt diese Anordnung auf das Publikum wirken, bevor er beginnt. Keiner wird ihm die Schau stehlen. Ich schaue nach oben, durch die Decke hindurch. Für den Bruchteil einer Sekunde glaube ich, das göttliche Eingreifen, um das ich gebeten habe, würde sich ereignen, doch es ist nur Steve, der sich räuspert, kein Donnergrollen.

Er beginnt die Lesung.

Ich habe an Shakespeare wirklich nichts auszusetzen. Ich meine, es gibt nichts Schlechtes von Shakespeare, aber wenn es irgend etwas Schlechtes von Shakespeare gibt, dann wäre es das 116. Sonett, das Steve mit einer Betonung vorliest, die von Zeile zu Zeile die Worte stärker verstümmelt.

Laß mich von keinen Hindernissen hören,
Die treuer Seelen Ehebund bedräun!
Lieb' ist nicht Liebe, wenn sie Störer stören...

Eine Andeutung von Cockney schleicht sich ein. Was für ein Idiot.

Lieb' ist kein Narr der Zeit, ob Rosenwangen
Auch ihrer Sichel krumme Schneid umspannt...

Dieses Sonett gehört so sehr zum Standardinventar von Hochzeiten wie das Kirchenlied ›O Promise me‹. Ein Klischee. Wenn schon Shakespeare, dann sollte man die Szene mit der verrückten Ophelia geben. Das hätte zu Edie gepaßt, insbesondere in Anbetracht der Umstände.

Wenn dies als Wahn, als Lüge sich ergibt,
So schrieb ich nie, so hat kein Mensch geliebt.

Kaum wahrnehmbar verbeugt sich Steve und fährt dann in seinem schmutzigen Geschäft fort. »Liebe Gemeinde, wir haben uns an diesem Tag versammelt...«

Ich höre nicht mehr hin. Statt dessen versuche ich, Gehirnwellen auszusenden und Edie damit zu erreichen. Ich denke deutlich und nachdrücklich: »Lauf! Lauf so schnell du kannst! Raff den Rock hoch, Edie, und lauf, bevor es zu spät ist.« Ich baue auf unsere Fähigkeit zum telepathischen Gequassel. »Lauf, Edie. Bitte, bitte, lauf.«

Edie stößt mich mit dem Ellbogen an. Sie flüstert etwas, was ich nicht gleich verstehe.

»Was?« frage ich.

»Der Ring. Gib mir den Ring.«

Ich rücke den Trauring heraus. Edie nimmt ihn und spricht Steve nach: »Mit diesem Ring nehme ich dich zum Mann.« Sie streift den Ring auf Geralds ausgestreckten Wurstfinger. Ich habe das Gefühl, daß mir gleich schlecht wird.

Es ist kein Brausen, eher ein Rauschen in meinen Ohren. Es klingt wie das Meer in einer Muschelschale. Ich lausche angestrengt, will hören, was die Seeanemonen und Seejungfrauen da reden, doch das Summen verstummt und Steves Stimme blökt auf mich ein, wie wenn bei einem Uraltfernseher, der Zeit zum Aufwärmen braucht, der Ton einsetzt. »In guten wie in schlechten Zeiten, bis daß der Tod euch scheidet?«

Der Bräutigam sagt: »Ja.«

Jetzt ist Edie an der Reihe, aber sie bleibt stumm. Es gibt einen Moment der Stille, der Jahre zu dauern scheint, als wäre die Zeit stehengeblieben und wir alle zur Bewegungslosigkeit erstarrt, als hätten wir aufgehört zu atmen, als hätten alle Uhren das Ticken eingestellt, und dann sagt Edie: »Ja.«

Und ich denke: »Sie hat's also wirklich getan.«

Steve hat zwar Anweisung gegeben, wir sollten genauso hinausdefilieren, wie wir hineindefiliert sind, aber das klappt nicht. Wir treiben auseinander, verstreuen uns auf gut Glück und wandern im Kirchenraum umher.

Niemand sieht besonders glücklich aus. Nicht einmal

Edies Mutter. Die Falte auf ihrer Stirn ist tiefer als ihr Lächeln. Wie nervös auch immer die Vorstellung sie gemacht hat, daß diese Hochzeit vielleicht nicht stattfinden würde – jetzt, wo sie stattgefunden hat, sieht sie auch nicht besonders glücklich aus. Manchmal dämmert die Realität der Dinge einem erst mit einer kleinen Verspätung.

Selbst die, die ihre Wette gewonnen haben, sind verstimmt. Sie haben nur zum Spaß gewettet. Eine gute Show wäre ihnen allemal lieber gewesen als der Gewinn. Ein paar Jungs beklagen sich, weil sie einen Anzug anziehen mußten. Manche haben schon die Krawatte in die Hosentasche gesteckt, da sie bemerkt haben, daß dies hier kein besonderes Ereignis ist. Die Verlierer bezahlen ihre Schulden.

Ich schleiche mich in eine abgelegene Bank und setze mich hin. Edie hat immer gesagt, die einzige Realität sei Geld, und da Geld immer zu haben sei, könne die Realität uns egal sein. Aber da hat Edie sich geirrt. Die Realität ist nämlich, daß sich zwar traurige Dinge ereignen, aber keine Wunder.

Aus den Augenwinkeln sehe ich Edie auf mich zukommen. Ich stehe auf und gehe in den Mittelgang hinaus, um ihr Auge in Auge gegenüberzutreten. »Herzlichen Glückwunsch«, sage ich.

Sie zuckt die Schultern. Eine Haarsträhne rutscht herunter und fällt ihr über die Augen, quer über den Nasensattel. Ich stecke sie wieder fest.

»Es ist nicht vorbei«, sagt Edie. »Das hier ändert gar nichts. Nicht wirklich. Du mußt nicht denken, daß jetzt alles vorbei ist.«

Das ist wieder typisch für Edie, so zu tun, als sei alles beim alten, wenn es doch eindeutig vorbei ist und sie auch noch diejenige war, die es beendet hat.

Ich kaue auf der Unterlippe, und als wäre eine Glasscheibe zwischen uns, kaut Edie auf der ihren. Ich lasse meine Lippe, und Edie tut das gleiche. Sie lächelt in der Erwartung, daß ich ihrem Beispiel folgen werde, da ruft ihr Mann durch den Raum: »Edie! Komm her. Der Fotograf wartet.«

Edie wendet sich dem Mann zu, den sie geheiratet hat. Er winkt sie zu sich. Sie weiß, daß sie zu ihm gehen muß, zögert aber.

»Geh schon«, sage ich. »Geh zum Fotografieren.«

»Du sollst mitkommen.« Edie ergreift meinen Arm. »Ich möchte ein Bild von uns beiden.«

Ich mache mich von ihr los und trete einen Schritt zurück. »Fangt schon an«, sage ich. »Ich komme gleich nach.«

Edie tritt zu ihrem Mann. Der Fotograf schiebt Braut und Bräutigam herum, als wäre er ein Trickbetrüger und sie seine Komplizen in der Zuschauermenge. Blitzlicht leuchtet auf.

Meine Zusage an Edie war gelogen. Ich habe nicht vor, mich heute ablichten zu lassen. Ich werde in ihrem Hochzeitsalbum nicht präsent sein. Und in vielen Jahren wird sie es durchblättern und sich nicht mehr erinnern können, ob ich dabei war oder nicht.

Ich besitze nur ein einziges Bild von Edie. Eines, das ich festhalten kann, das Dauer besitzt. Die Aufnahme stammt aus einer Zeit, bevor ich sie kennenlernte, und zeigt eine fünfzehnjährige Blondine. Als sie es mir gab, schaute ich es aufmerksam an und fragte: »Das bist du? Warum bist du blond?« Irgendwann einmal werde ich in altem Krempel herumwühlen, dabei auf das Foto mit dem blonden Mädchen stoßen und denken: »Wer zum Teufel ist das? Die kenne ich ja gar nicht.«

Ich bin in die Vorhalle hinausgeschlüpft. Fast meine ich, die Glocken Mitternacht läuten zu hören, so deutlich ist mir bewußt, daß es Zeit für mich ist, den Ball zu verlassen, daß meine Kutsche sich wieder in einen Kürbis verwandelt hat, der von Ratten und Mäusen gezogen wird, daß jetzt keine Fee und Patin mehr für mich zaubert. Ich rauche eine Zigarette halb und lasse sie dann zu Boden fallen. Die Mühe, sie mit dem Fuß auszutreten, mache ich mir erst gar nicht – wie alle Dinge verglüht sie von allein.

Die Türen des Kirchenraums öffnen sich. Die Hochzeitsgesellschaft quillt in die Vorhalle hinaus und umschwirrt die frisch Vermählten. Das ist mein Stichwort. Ich suche in meiner Handtasche nach dem Taschentuch mit Reis. Der Knoten ist ziemlich fest, und noch bevor ich ihn aufbekomme, ertönt Gejohle und Gelächter. Ich schaue auf. Eine ganze Traube von Menschen, Edies Mutter und einige Kusinen, werfen Reis. Selbst Henry Cosgrove holt eine Handvoll aus der Hosentasche, wenn er auch Edie um Meter verfehlt. Edie tut so, als wolle sie sich vor diesem Regen wegducken. Sie hat den Kopf eingezogen und versucht mit erhobener Hand den Schauer abzuwehren. Reis landet in ihrem Haar, und sie lacht.

Ich lasse das Reisbeutelchen wieder in meine Handtasche gleiten.

Niemand springt hoch, um Edies Brautstrauß zu fangen. Fast scheinen wir davor zurückzuweichen, als wäre er befleckt, ein Unglücksbringer. Edies Flieder landet auf dem Boden. Der Trauzeuge macht einen Schritt nach vorn und zertritt die Schleife mit dem Absatz.

Epilog

Die Sonne steht hoch, aber schon im Westen, bereitet sich auf die Dämmerung vor. Die Hochzeitsgesellschaft zerfällt auf dem Weg zum Empfang in Grüppchen. Wir sollen jetzt essen, trinken und uns amüsieren in einem dieser Penthouse-Restaurants, die als der letzte Schrei galten, bis sich das Gerücht verbreitete, das Essen bestehe aus Fertiggerichten.

Während die anderen um die Ecke biegen, bleibe ich zurück und lehne mich gegen die Backsteinwand eines Mietshauses. Wie ein Spion oder Flüchtling drücke ich mich gegen die Wand und spähe in Abständen um die Ecke, um zu beobachten, wie Edie, Gerald, Familie und Freunde in der Ferne kleiner werden. Als ich sie überhaupt nicht mehr sehen kann, überquere ich die Straße.

Mit schnellen Schritten eile ich zur Fifth Avenue. Dort verlangsame ich meinen Gang zu einem gemütlichen Schlendern, denn so bewegt man sich auf der Fifth. Man schlendert. Man blickt in Schaufenster. Hält Ausschau nach Jungs und Klunkern. Die grobgerippten Bänder ihrer Strohhüte wehen den Mädchen hinterher. Ein leichter Lufthauch streicht über meine Beine.

Auf den Stufen der Saint Patrick's Cathedral hat sich eine große Menschenmenge versammelt. Nicht die Art Menschenmenge, die dort in der Mittagspause Sprudel trinkt und Joghurt ißt. Die Leute hier sind piekfein herausgeputzt. Ich gehe hinüber, mische mich unter die Menge, und gerade da treten Braut und Bräutigam durch das Tor der Kathedrale heraus. Sie wirken wie ein nettes Paar. Die Menge jubelt, klatscht, pfeift, tobt wie bei einem Rodeo, doch keiner wirft Reis. Keiner hat an Reis gedacht.

Als die Braut an mir vorbeikommt, überstreue ich sie mit Edies Reis. Sie bleibt stehen, freut sich, daß jemand sich soviel Gedanken gemacht hat. Ich habe das Gefühl, es wird auch keiner daran gedacht haben, ihr etwas Altes zu geben, und so drücke ich ihr das Seidentaschentuch in die Hand. Sie muß denken, ich gehöre zur Verwandtschaft des Bräutigams, eine Kusine, mit der sie sich gut verstehen würde, mit der sie sich anfreunden könnte.

Bei der Limousine, die gleich mit dem Paar davonbrausen wird, bleibt die Braut stehen, um den Brautstrauß zu werfen. Die Braujungfern rufen und drängeln sich um eine gute Position. Die Braut zwinkert mir zu, aber ich will die Narzissen mit Schleierkraut nicht fangen. Ich gehe hinter einer stämmigen Brautjungfer in bauschigem Taftkleid in Deckung. Das stämmige Mädchen fängt den Preis und hält ihn hoch.

Zusammen mit den anderen Gratulanten winke ich Braut und Bräutigam nach. Obwohl ich mir ziemlich sicher bin, daß sie sich freuen würden, mich bei ihrem Empfang zu sehen, gehe ich allein weiter.

Riesig ragt das Plaza-Hotel vor mir auf. Mit seinen Ausmaßen dominiert es alles, läßt alles, was sonst noch zu sehen sein könnte, unbedeutend erscheinen. Ich möchte nicht hineingehen, überquere aber den Platz bis zum

Brunnen und setze mich wie die Frauen in Westernfilmen, wenn sie im Damensattel reiten, auf den Rand. Nun schaue ich auf den Park, wo die zweisitzigen Kutschen auf Fahrgäste warten.

Im Winter ist der Brunnen immer trocken. Andernfalls würde das Wasser gefrieren und ihn beschädigen. Auch in der Sommerhitze liegt er oft trocken. Das hat entweder mit Wassersparen zu tun oder mit der Sorge, phantasielose Typen, denen kein originelles Kunststück einfällt, könnten darin herumplanschen. Doch heute sprüht und plätschert der Brunnen. Das Becken ist voll.

Sein Boden ist mit Ein-, Fünf- und Zehncentstücken gesprenkelt, die von der Bewegung des Wassers verzerrt werden wie in einem Spiegelkabinett. Dumme Leute haben Münzen weggeworfen. Und doch – das kommt mir komisch vor –, dort unten liegt keine einzige Vierteldollarmünze. Und auch keine Dollarmünze. Zehn Cents für einen Traum? Nicht mal einen Dollar sind die ihnen wert? Vielleicht werden Wünsche deshalb nicht wahr. Die Opfergaben sind zu knausrig. Wenn man nicht bereit ist, mehr als ein bißchen Kleingeld zu riskieren, wie tief geht das Verlangen dann eigentlich?

Im Becken sehe ich mein Spiegelbild. Was bin ich für ein Dummkopf, so am Brunnenrand zu sitzen und unglücklich auf mein eigenes Bild zu starren. Wenn das hier ein schlechter ausländischer Film wäre, käme jetzt der Teil, wo sich mir ein eleganter Mann nähert. Er würde mich anschauen, nicht nur einmal kurz, sondern mit einem langen, bedeutungsvollen Blick voller Gefühl. Seine Augen wären groß, sanft und braun. An den Füßen würde er Slipper von Gucci tragen. »Madame«, würde er sagen,

»pourquoi schauen Sie so traurig?« Stimme und Lippenbewegungen wären nicht synchron.

Das wäre mein Film. Edie käme darin nicht vor. Nur ich und der elegante Mann und in der Besetzung tausend Leute, die ich noch nicht kenne. Ich schätze, so geht es, wenn man die Geschichte eines anderen Menschen erzählen will; am Ende erzählt man seine eigene.

Und wenn man das weiß, weiß, daß es die eigene Geschichte ist, hört man auf, in Selbstmitleid zu baden. Man hebt den Kopf. Man weist sich zurecht, so wie man es bei einem Säufer in einer Bar machen würde, der in sein Bier weint. »Hör auf mit dem Geflenne«, sagt man.

Aus dem Portemonnaie nehme ich einen Zwanzigdollarschein und werfe ihn in den Brunnen. Papiergeld geht nicht so schnell unter wie Münzen. Wie ein auf einem See gekentertes Segelboot treibt der Zwanzigdollarschein dahin, und für meinen Wunsch habe ich reichlich Zeit.